井上真偽
INOUE MAGI

ぎんなみ商店街の事件簿

〈SISTER編〉

小学館

ぎんなみ商店街の事件簿

SISTER

編

これからあなたが目にするのは
ある事件のひとつの側面にしかすぎません

目次

名まえについて

銀波小学校　二年三組　　内山つく音

わたしは、自分の名まえがきらいです。

なぜなら、それは女の子の名まえじゃなくて、食べものの名まえだからです。

うちは、やきとりやです。うちのやきとりは、おいしいです。でも、それを子どもの名まえにしたら、だめだと思います。お父さんとお母さんは、少しふざけすぎだと思います。


でも本とうは、さいしょは、きらいじゃありませんでした。なぜわたしが、自分の名まえがきらいになったかというと、それは、みんなにわらわれるからです。わたしが、新しいクラスや友だちの前で、自こしょうかいをすると、ぜったい、だれかがわらいます。わたしはべつに、わらわせたくて名まえを言ったわけじゃないのに、いつもわらわれるのは、とてもはずかしいです。

でもきっと、これからもずっと、わたしが名まえを言うたび、だれかにわらわれると思います。だから、わたしは、そのことは、もうあきらめています。そのかわり、わたしは、大人になってお母さんになったら、子どもがはずかしがるような名まえは、ぜったいにぜったいに、つけません。

第一話

だから都久音は嘘をつかない

1

梓《あずさ》の呟《つぶや》きに、都久音《つくね》はドキリとした。

「つくね、苦手だなあ」

「え？」

「ああ、ごめん。アンタじゃなくて、食べるほうのね。焼き鳥のやつ」

憂鬱《ゆううつ》そうな顔で、箸に刺した鶏団子《とりだんご》を目の高さに掲げる。飴色《あめいろ》の醤油《しょうゆ》ダレが窓の陽射《ひざ》しにてらりと光った。その甘辛の味を想像し、都久音の喉がごくりと鳴る。

「うちの母親、人の話聞かなくてさあ。昨日の晩御飯、母親がパート先で買ってきた売れ残りの焼き鳥だったんだけど、私つくね苦手だから、そう言って残したのね。そしたらよりによって、弁当のおかずに詰めてきて……嫌がらせかっつうの」

「でも、毎日ちゃんと作ってくれるんでしょう？　いい母親じゃん」

モソモソとコンビニのサンドイッチを頬張っていた万穂《まほ》が、どこか羨《うらや》ましそうに言った。そういえば、と都久音は気付く。高校に入学して一か月、万穂がコンビニ食品以外のランチを口にするのを見た覚えがない。

「まあね。毎日必死こいて働いてくれてるんだから、感謝しかないけど……よし。じゃあ母親を褒めてくれたお礼に、万穂のサンドイッチを親子丼風味にしてあげよう」

「ちょっと、やめてよ。私のたまごサンドに挟まないで」

「いいから食べなって。そんなガリガリに痩せてちゃ、子供産むとき苦労するよ」

梓の言う通り、針金みたいに細身で色白の、クール系黒髪ロング女子——万穂がサンドイッチを奪い返す。対照的に健康的な日焼け肌をした、元気系茶髪ショートカット女子——梓が鶏団子のやり場に困ったあげく、その矛先を今度は都久音に向けた。白い歯でニッと笑い、都久音の弁当箱の上にすっとそれを差し出す。

「する？　共食い」

「え？　あ、う、うん……」

反射的に頷《うなず》いてしまった。コロンと転がる鶏団子を前に、どうしよう、とやや困惑する。別に同じ名前だから苦手というわけでもないが、自分の弁当はあらかた食べ終えて満腹だし、さすがにこの手のものは食べ飽きている。

の、だけれど——。

気付くと、勝手に箸が動いていた。特に食欲が湧いたわけではない。一つ、確かめたいことがあったからだ。

口に入れると、やや硬めの歯ごたえと、甘さ強めの醤油ダレの味が舌に広がった。

——うん。やっぱり、うちのほうが美味《おい》しい。

「都久音って、なんでも美味しそうに食べるよね」

梓が机に頬杖《ほおづえ》をつき、愛玩動物でも愛《め》でるような目で見て言う。

「そういえばさ……前から一つ、気になってたんだけど」

「ん、何？」

「都久音の名前の由来って、何？　やっぱり焼き鳥のつくねから？」

たちまち咽《む》せた。慌てて烏龍《ウーロン》茶の紙パックに手を伸ばす。

「待って、梓。私、その理由を入学式のときに聞いたことがある」

呼吸を整える前に、横から万穂が口を挟んだ。

「なんだっけな。確か日本の神話が関係してたよね。ええと、つく……つく……」

万穂が指で眉間《みけん》をつまみ、集中する顔を見せる。都久音の血圧が一気に上昇した。

「えっと、あの、その……」

「ああそうだ、月読《つくよみ》！」

「ツクヨミ？」梓が首を傾《かし》げる。

「月読命《つくよみのみこと》っていう、日本の神様がいるの。普通は月に読むって書くんだけど、都に久しいに豆に美しいと書く『都久豆美《つくづみ》』って呼び方もあって、都久音の『都久』はそこから取ったんだって。なんでも都久音の生まれたのが、月がとても綺麗《きれい》な夜で。その泣き声が、まるで月の神様が奏でる音楽のように聞こえたから……だっけ？」

都久音は口をパクパクさせた。なんて記憶力がいい——できれば忘れていてほしかったのに。

「へえ。なんじゃそりゃ。めちゃくちゃ文学的じゃないの」

梓が椅子を後ろに傾けて、二本脚だけでギーコギーコと器用に前後に揺らす。

「もしかして都久音のお父さんって、国語の先生か何か？」

「う、ううん。自営業……」

「経営者か。いいなあ。そういう学のある父親ってかっこいいよね。うちの父親なんて、趣味がこれとこれだからさ」

そう言って、ドアノブを回すような仕草と、何かを両手で掻《か》きまわす仕草をする。

ジェスチャーの意味がわからず、首を捻《ひね》る。梓は諦めたように溜息《ためいき》をつき、正解を述べた。

「パチンコと麻雀《マージャン》」

「でも、浮気はしてないんでしょう？　ならいいじゃん」

すかさず万穂がフォローを入れる。いや、フォロー……なのか？　先ほどから両親への不満をぶちまけている梓より、それを薄く微笑《ほほえ》んで受け流している万穂のほうに数倍闇のようなものを感じてしまって、都久音はますます返答に窮してしまう。

ガタンと梓が椅子を戻す。再び頬杖をつくと、ニヤニヤ笑いながら言ってきた。

「でも、惜しいなあ。これで都久音の実家が焼き鳥屋だったら、かなり笑えたのに」

都久音もつられて微笑む。

「まさか」


――どうしよう。嘘《うそ》ついちゃった。

帰りの電車の中で、都久音は罪悪感に苛《さいな》まれた。

都久音の実家はもちろん「焼き鳥屋」である。鳥だけではなく豚や牛、魚介の串焼きなども出しているので正確には串焼きの店だが、ウリはもちろん焼き鳥で、店頭でテイクアウトの販売もしていて結構売れ行きがいい。

別に家業を恥じて隠しているわけではない。焼き鳥は好きだし、店で生き生きと働いている両親を見るのもなんだか嬉《うれ》しい。常連さんには幼い頃から可愛《かわい》がってもらっているし——酔うとちょっと面倒臭かったり、入店を金輪際お断りしたいお客もたまにいるけど——あの煙と醤油ダレの匂いが染み付いた店舗には愛着と誇りを感じこそすれ、負い目に思う気持ちは一切ない。

ただ、名前のことでからかわれるのだけが嫌だった。

子供の頃苦手だったものに、自己紹介の時間がある。クラス替えなどで順番が回ってきたとき、しぶしぶフルネームを名乗ると、必ずと言っていいほど先生に「もしかしたら、つくねちゃんのご実家は焼き鳥屋さんなのかな？」などと訊《き》かれる。そこで正直に「はい」と答えると、直後にドッと笑いが起こる。その一連の流れが嫌いだった。

他人から見たら、心底どうでもいい悩みかもしれない。けれど自分の意思に関係なく名前だけで「焼き鳥屋さんのつくねちゃん」というキャラクターが立ってしまうのが本当に嫌だったし、実際それで不愉快な思いをしたことも多々ある。なので高校で地元を離れたのを機に、都久音は家業について隠し通そうと決めた。入学式でたまたま隣同士になった万穂に名前の由来をたずねられたとき、ネットで調べた情報を駆使して作り上げた偽の説明をしたのだ。

だが、話のあまりに出来過ぎた感じに自分でも言いようのない気恥ずかしさを感じてしまって、それっきり封印したつもりだった。あれからもう一か月以上経《た》つし、すっかり万穂も忘れていると思ってたのに——！

羞恥に身悶《みもだ》えつつ、実家の最寄り駅で電車を降りる。商店街側の改札を出ると、ぷうんと香ばしい醤油の香りが漂った。都久音は一瞬不安になり、自分の制服の匂いを嗅《か》ぐ。——大丈夫だよね？　あそこのお団子屋さんの匂いで、私のじゃないよね？

「よう、都久音ちゃん」

眉間に皺《しわ》を寄せてクンクン鼻を蠢《うごめ》かしながら歩いていると、急に野太い声に呼び止められた。顔を上げると、ねじりはちまきで腕組みをした二十代後半ぐらいの男性が、真新しい店舗の前に立っている。「ラーメン藤崎《ふじさき》」の店主、藤崎勝男《かつお》だ。

「こんにちは、藤崎さん」

「早いね。部活は？　ああ、テスト期間中？」

「いえ。テストは再来週《さらいしゅう》です。部活はまだ決めてなくて……」

「決めてないって——ああ、そうか。都久音ちゃん、今年高校入ったばっかだっけ。いや最近、銀波《ぎんなみ》高校がテスト前で、あそこのガキどもをよく見かけるから、てっきり都久音ちゃんとこもそうかと思ってさ。そうか。都久音ちゃんはまだ高校一年か……」

そんなに落ち着いて見えるだろうか。ちなみに銀波高校というのは地元の男子校で、藤崎はこの商店街に昔からある乾物店の跡継ぎだ。彼が働くようになってから元の乾物店を半分に縮小し、空いたスペースで乾物を活《い》かしたラーメン店を営業している。

「藤崎さんは、なんでお店の前に立ってるんですか？」

「俺？　俺は、市場調査」

「シジョウチョウサ……？」

「顧客のリサーチってやつ。どうもこのところ、客の入りが悪くてさ。それでこの商店街の客層をもう一度チェックして、味付けを見直そうと思っているところ」

今お客さんが入ってこないのは、そういうふうに店の前に仁王立ちしてるからじゃないのかな

――という疑念がふと頭をかすめるが、口に出すのは差し控える。

「ちなみに都久音ちゃんは、醤油と塩、食べるならどっち派よ？」

「……醤油、です」

「やっぱ醤油かあ。挑戦してみっかな、醤油のかえしを使った和風ラーメン。――そうそう、醤油といえばさ、知ってる？　袴田《はかまだ》さんところが、今日事故ったの」

「え？『袴田商店』さんが？」

都久音は目を見開く。

「配達中にですか？」

「いや。人じゃなくて、店のほう。ほら、あの店、銀波坂の曲がり角にあるだろ。で、スピード出し過ぎてハンドル切り損ねた乗用車が、店先に突っ込んだって」

銀波坂というのは、この商店街の由来にもなっている銀波寺というお寺の、横手にある坂だ。大昔、地元の天ツ瀬《あませ》川が氾濫した時、どこからともなく銀色のネズミたちが現れて、まるで銀の波のようにこの坂を駆け上がって人々を高台まで案内した。それに感謝したお坊さんが、この地に寺を建てた――というのが、銀波寺の発祥説話である。

「袴田商店」は、その坂の途中にある個人商店だ。もともとは銀波寺に味噌《みそ》や醤油を卸す商売から始まった老舗《しにせ》で、都久音の実家も、普段からお世話になっている。

「怪我人《けがにん》は？　袴田のおじさんたちは無事だったんですか？」

「おう。そこはラッキーというか何というか、あの店もいつも客が少ねえしな。袴田の親父《おやじ》さんが、ガラスの片付けで指を切っただけで済んだって話――ああでも、突っ込んだ運転手は別だな。

そっちは即死だってよ」

やだなあ、と都久音は顔を曇らす。ただでさえ景気の良くない商店街に、これ以上悪いニュースを増やしてほしくない。

「なんか物騒だよなあ。最近は空き巣騒ぎも多いし――まあそういうわけで、都久音ちゃんも車には気を付けてよ」

空き巣、と口の中で繰り返す。最近この近隣では空き巣や盗難の被害が多く、どうも組織的に犯行を働いている外国人グループがいるらしい。そのせいで外国籍の人に対する警戒感が広まっていて、商店街に店を持つ中国系やインド系の人たちとの間にも、やや心理的な壁ができていると聞く。

やだなあ。こういうふうに、世の中がギスギスしていくの。

赤錆《あかさ》びたアーケードの骨組みを見上げ、つい溜息をこぼす。子供の頃はもう少し商店街も賑《にぎ》わっていて、みんなもっと楽しそうにしていた気もするが。それともあれは無垢《むく》だった頃にだけ見えた幻で、やはり現実はこんなものだったのだろうか。

そんなことをぼんやり考えていると、地元の銀波高校の生徒だろう、青いブレザー姿の一団が背後をワイワイと通り過ぎた。都久音はハッとし、「それじゃあ――」と藤崎に会釈して立ち去ろうとする。

歩き出しかけた都久音の背中を、藤崎の暢気《のんき》な声が追いかけてきた。

「ああ、そうだ。今、新作のラーメン研究中だからさ。出来たら都久音ちゃん、味見して感想聞かせてよ」

「あ、はい」

藤崎と別れ、駅前のアーケード商店街を進む。

和菓子店。青果店。クリーニング店に靴・衣料店、生花店に老舗の金物店。誰が買うのかよくわからない、怪しげな看板の宝石店もある。古びた店構えの間には全国チェーンのカフェやファストフード店も進出しているが、この雑然とした感じこそが、都久音にとっては子供の頃から見慣れた光景だ。

ぎんなみ商店街は、寺の門前町として栄えた通りだ。

ＪＲの駅を降りた正面にあるこの商店街を真《ま》っ直《す》ぐ抜けると、少しぎょっとするくらい大きな山門に出くわす。そこが銀波寺。もっともそこから山頂の本堂をお参りするには死ぬほど長い階段を上らなくちゃいけないので、参拝目的の人はだいたい車やバスで山頂の駐車場まで直行する。

正月は初詣、春夏秋は季節の行事にちなんだお祭りと、なんやかんやで一年中賑やかだ。母親曰《いわ》く、商店街が何とか続いているのもこのお寺のお陰らしい。そのため家族で初詣に行くと、必ず「いいかい。間違ってもお願いなんてするんじゃないよ。ただ感謝するだけ」と、しつこく釘《くぎ》を刺される。ただでさえ毎日ご利益《りやく》を受けているのだから、その上お願いするなんて厚かましいこと甚だしい――という理屈らしい。

まあ実際は、何度も心の内でお願いごとはしていたけど。

そのありがたい山門が見えるか見えないかのところで、都久音は通りを左に曲がった。頭上にちらりと、「ぎんなみ飲食街」というご大層な名称を掲げたアーチが目に入る。規模的には「街」

というよりせいぜい「横丁」といったところだが、確かに近隣ではここが一番人通りは多い。この先に私鉄の駅があり、そこの利用客が飲食目的で流れてくるのだ。

都久音の実家、串焼き店「串真佐《くしまさ》」も、その路地にある。

夜の営業に備えて準備中の札を掲げる店も多い中、実家は絶賛営業中だった。主婦が夕食のおかずにするのか近所の高校生のおやつ代わりなのか、テイクアウトの焼き鳥が午後の時間帯になっても細々と売れ続けるのだ。あと「ハッピーアワー」と称して、昼間は安く飲めるサービスを提供しているのも客が途切れない理由かもしれない。もっとも昼から飲んだくれる以外に楽しみがないような人たちは、都久音の目にはあまりハッピーには見えないのだけれど。

「あら、都久音」

小柄な母親がテイクアウト用の窓口から目ざとくこちらの姿を見つけ、声を掛けてきた。今日はバイトの人じゃなく、母親が店頭販売を受け持っているらしい。

「ただいま」

「おかえり。早かったね。部活は?」

「まだ決めてない」

「決めてないってあんた、ブラスバンド部じゃ……あー、そうか。あんた、今年高校生になったんだっけ」

実の娘への関心度がラーメン屋の店主と同程度だった。まあ両親は店のことで頭が一杯だし、手伝ってと言われないだけありがたいが。

母親と面通しを済ますと、都久音はそのまま店舗の前を素通りした。店のある丁字路を曲がり、裏路地に入る。ビールケースが手前に積み上がったブロック塀の合間に、何の変哲もない腰高の鉄柵の扉があった。それをキイと押し開け、中に入る。

こちらが勝手口というか、裏口。自宅は二つに分かれていて、一階の通りに面した表側が店舗、その裏と二階が住居となっている。

敷地に入ると、猫の額ほどの狭い庭に、伸び放題に伸びた雑草が目についた。今月の草むしり当番は誰だっけ――などと考えつつ、都久音は鞄《かばん》から鍵を取り出し、のっぺりとしたクリーム色のドアの鍵穴に差し込む。

そこでふと、眉間に皺が寄った。

鍵が、開いている？

一瞬、「空き巣」の三文字が頭をよぎる。嘘。パニックになりかけるが、何とか深呼吸して先走る気持ちを抑えた。落ち着け、私。家族の誰かが鍵を閉め忘れただけかもしれないし。

恐る恐るドアノブを握り、心拍数を撥《は》ね上げながらそっとドアを引き開ける。

廊下に、スーツ姿の女性がうつぶせに倒れていた。

「……お姉ちゃん⁉」

十歳年上の姉だった。慌てて靴を脱ぎ散らかして駆け寄ると、ツンと強い匂いが鼻をつく。

――うわ、すごくお酒臭い。

「どうしたの、お姉ちゃん。会社は？　今日って平日でしょう？」

揺すぶりながら抱き起こすと、んん……と姉は無駄に婀娜《あだ》っぽい声を出してうっすら目を開いた。

都久音と視線が合うと、若干気味悪くなるくらいじっとこちらを見つめる。そのうちに、細い一重をアイラインとマスカラで精一杯大きく見せかけた目に、じわじわと涙が滲《にじ》み始めた。

「会社？　会社なんて……滅べばいい……」

はい？

ずしりと体が重たくなった。その一言を最後に、姉は都久音に寄りかかるとクガーと健やかな寝息を立てて寝てしまう。都久音はひたすら途方に暮れた。何、今の……遺言？　そんな呪いの遺言残して死ぬ姉なんて、嫌だけど。

「あれえ……？　開いてる」

すると後ろでガチャガチャ鍵穴を回す音がして、急にドアが開いた。赤いランドセルにフリルの目立つ服を着たガーリーな女子児童が、子供らしい元気な調子で飛び込んでくる。

「ただいま。あ、都久《つく》姉ちゃんだったんだ。おかえり――うげっ！」

今度は小学生の妹だった。可愛らしい笑顔で入ってきた妹は、都久音が抱える泥酔者に気付くとびくりと足を止めた。夜道で変質者にでも遭遇したかのような警戒ぶりで、少し後ずさる。

廊下に立ちこめるアルコールの臭気に妹は鼻をつまむと、嫌そうに顔をしかめて言った。

「また、吐いてる？」

「ううん。今日は大丈夫。二階に運ぶから、手伝って」

ベッドに運ぶと、姉はスヤスヤと天使のような寝顔を見せた。

いい気なものだ。帰って早々面倒くさい仕事を押し付けられた腹いせだろう、末の妹は寝ていいる長女に跨《またが》ると、えいえいとほっぺたを引っ張っておもちゃにしている。それを横目で眺めつつ、都久音は脱がせた姉のスーツを拾い上げた。ハンガーにかけようとしたところで、ふと胸元の汚れに気付く。

……だらしないなあ。

ケチャップを拭いた痕《あと》だろうか。ランチのときにでもつけたのだろう。このまま放置してシミにしてしまうのも忍びないので、都久音はジャケットをハンガーから外し、洗面所に持って行くことにする。……なんで私、母親みたいにお姉ちゃんの世話を焼いてるんだろう。

部屋を出ていこうとしたところで、妹が言った。

「なんで佐々《ささ》姉ちゃん、こんな昼間から酔っぱらってるん？」

「さあ……」

「佐々姉ちゃんの会社って、今日お休みだったっけ？」

「違うと思う。今朝は寝坊したって言いながら、普通に出勤してたし」

見ると、妹は熟睡中の姉の鼻に家の鍵を近づけていた。あれを鼻の穴に突っ込むつもりかな、と都久音は少しドキドキする。

「ってことは、佐々姉ちゃん、サボり？」

「まさか」

「なら、会社があるっていうのが、嘘だったのかも。本当は今日お休みで、隠れてどっかに行ってたとか」

「隠れてって……お姉ちゃんがどうしてそんなことするのよ」

「デート、とか」

「デート?」

「うん。本当は佐々姉ちゃん、今日は会社を休んでデートの日だったんじゃないの。でも私たちに言うのが恥ずかしくて、それで出勤を装って……」

「まさか……」

否定しかけ、はたと言葉を止めた。まあ絶対ありえない話かと言われれば、そうでもない。姉が自棄酒《やけざけ》を呷《あお》るのは、ひいきの野球チームが負けたときか男性絡みと相場が決まっている。

といっても別に、姉は恋愛経験が豊富な女というわけではない。むしろその対極で、色恋についてはかなり奥手のほうだ。失恋も振る振られるといった話ではなくて、勝手に誰かを好きになり、その人に恋人がいたり性格に問題があったりすることがのちのち判明し、ひっそりと傷つく——その繰り返し。都久音の知る限り、姉が現実に誰かと付き合ったという話は聞いたことがない。

そんな姉だからこそ、ついに実在の恋人が出来たことを家族に知られるのが気恥ずかしくて、これまで隠していた——というのは、それなりにありそうな話ではあるが。

「……でも普通、スーツ姿でデートに行かないでしょ」

「わからないよ。相手の人が、そういう格好が好きだったのかも。そういうのでコーフンするんでしょ。男の人って」

都久音は返答に困った。末の妹は利発で学校の成績もいいが、下手《へた》に頭がいいぶん妙にませたところがあり、姉としてどう接するべきか悩むときがある。

「──あれっ？　ここどこ？」

ようやく長女が目を覚ました。妹が鍵をさっと引き、素早くベッドから離れる。寝起きの姉はそんな三女の動きに一切気付くことなく、ガバリと上半身を起こすと驚き顔で周囲を見渡した。

「病院？　警察？　──違う、うちだ！　私の部屋！」

警察で目を覚ましたことがあるのだろうか──と都久音は若干戦慄《せんりつ》しつつ、姉に冷めた視線を送る。

「おはよう、佐々美《ささみ》お姉ちゃん」

ビクリと姉が肩を震わせた。ロボットのようにぎこちない動きでギギギと首をこちらに向け、メイクの崩れた目で妹二人をまじまじと見つめる。

「……おはよう。都久音、桃《もも》。ところで今って、朝……じゃないよね、もちろん」


憤然とベッドに座る都久音と末の妹の前で、姉は床に正座しつつ、所在なさそうに膝がしらをもじもじ動かした。髪は寝ぐせでライオンのように膨らみ、スーツも脱がせてしまったので今はブラウスにパンスト一枚というあられもない格好だ。しかし本人に自省を促すためにも、この程度の辱《はずかし》めは受けさせていい。

「あ、あのね。二人とも……」

「「なに？」」

妹と声が揃《そろ》った。厳めしい表情の都久音たちを前に、長姉はますます肩身が狭そうに縮こまる。

「そ、そんなに怖い顔しないで。ごめんね、また酔い潰《つぶ》れちゃって。今回も二人で運んでくれたんだね。ありがとう……」

「二重かったよ」」

「そ、そう。ダイエットしなきゃ、だよね……」

——これが内山家《うちやま》三姉妹の長女、佐々美である。

短大卒業後の進路で紆余曲折《うよきょくせつ》し、現在は中堅の不動産会社で派遣社員として働く二十五歳。年齢が十歳も離れているため、昔は大人びていて頼れる存在に思えた姉だが、そのメッキが剥がれたのはいつ頃からだっただろうか。

またそんな長女のダメっぷりに隣で冷めた目を向けているのが、三姉妹の三女、桃。まだ小学校五年生だが、近所でも評判の優等生だ。悔しいが見た目も中身も、三姉妹の中では一番出来がいい。親戚内でも特に口の悪い父方の叔父などは、「兄貴んとこは長女で縦長に作りすぎて、次女で丸く作りすぎて、三女でようやくピッタリ作れたって感じだな」と公言してはばからない。

——悪かったな、丸顔で。

そしてその両極端な姉妹に挟まれた自分が、二女の都久音。ちなみに佐々美《ササミ》、都久音《ツクネ》、桃《モモ》——と並べれば誰もが気付く通り、姉妹の名前の由来はもちろん実家の家業にちなんだものにほかならない。仕事熱心で生真面目《きまじめ》な両親が、なぜ我が子の命名のときだけこんなにはっちゃけてしまったのか。今以《もっ》て謎である。普段冗談を言わない人が、柄にもなくハメを外そうとして行きすぎてしまう——そんな感じなのだろうか。

「あのう、都久音、桃……」

正座した膝の上で手を擦り合わせながら、姉が上目遣いで言った。

「そろそろ、下を穿《は》いてもいいかな……？　季節はもう春だけど、まだちょっと肌寒くって……」

答えるのも嫌になるほど卑屈な質問だった。都久音が無我の境地で頷くと、姉はいそいそとタンスに向かい、部屋着を引っ張り出す。

「それで、何で今日は酔い潰れて帰ってきたの？」

仕方なしに訊くと、ふらつきながらスウェットを穿いていた姉は、潤む瞳で振り返った。

「そうなの。聞いてよ、二人とも～」

それは聞くも涙、語るも涙——というような話ではまったくなかったが、なるほど確かに、聞けばそれなりに同情できなくもない理由ではあった。

なんでも、営業アシスタントとして働く姉は、今日の午前中、同じチームの正社員の人と一緒に顧客訪問をしていたらしい。そのお客は会社が管理を任されているマンションのオーナーで、そこの家賃を下げる下げないで揉《も》めていたらしかった。

要はクレーム対応だ。姉たちは頑張って説得したが、結局話はまとまらず、もう一度条件を精査して出直しということになったらしい。

ただ姉の心を打ち砕いたのは、その後に正社員の人から受けた理不尽な仕打ちだった。

——わかってると思うけど、今回の件、内山さんのミスってことで上に報告するから。

帰社途中、急にそんなことを言われ、姉は心底驚いた。

——私、何かしました？

——いや、したでしょ。自覚ないの？　聖天通《しょうでんどお》りのシングル向けマンションは近くに女子大があって特別なケースだから、あそこの家賃は資料に入れるなって言ったじゃん。せっかく俺が今の条件で話まとめかけてたのに、あれを見てオーナー態度変えたんだからさ。

——そんなの私、聞いてません。

——言ったって。何、俺が嘘ついてるってわけ？　ホント止《や》めてくれよなあ。自分のミスを人のせいにするの。第一今日の格好、何？　なんでケチャップの染みのついたスーツで出勤してんの？

今朝寝坊して朝食を食べ損ねた姉は、通勤途中のコンビニでホットドッグを購入し、道すがら食べていてケチャップをこぼしたらしい。それがあのスーツの染みの正体だったわけだ。

——それは、今朝は朝食を食べ損ねて……。もしお客さんの前でお腹《なか》が鳴ったら恥ずかしいから、一応何か口に入れておこうと……。

——何食ったの？

——え？

——何食べて、服汚したの？

——あ……その、ホットドッグ……。

——はああ⁉　ホットドッグゥ？　小腹満たすんならクッキーとかゼリー飲料とか、色々あんじゃん。なのになんでわざわざ、そんな服が汚れそうな食い物選んじゃうわけ？　ありえないでしょ。これから顧客に会うのに、そんなことにも気が回らないなんてさ。俺思うんだけど、内山さん、ちょっと社会人としての自覚が足りないんだよ。困るんだよなあ。派遣だからっていい加減な仕事されるの——。

正社員はそんな調子でさんざん姉を罵倒したあと、いきなり猫撫《ねこな》で声になって言った。

——まあ、今更終わっちゃったことを言っても仕方ないから、これ以上は俺も責めないけど。

安心してよ。内山さんが次も契約更新できるよう、主任には俺からフォローしとくからさ。

営業報告書の下書きは、いつも通りお願い。

そこにきてようやく鈍感な姉も、相手が自分を丸め込んで責任を押し付けようとしているのだ、ということに気付いた。今にして思えば、資料の件もオーナーの説得に失敗したときの上への言い訳として、あらかじめ仕込んでいたに違いない。

ただそのことを会社の誰かに訴えようにも、ぼーっとした性格の姉が普段からミスが多いのは事実だし、正社員と派遣社員では周囲の信用も発言力も違う。何よりそんな薄汚い悪意を向けられたことに姉は参ってしまって、早々に半休を取って早退してきたらしい。

この姉なりに、社会と戦ってるんだなあ。話し終えるなり自分の膝にすがりついてきた姉の頭を撫でながら、都久音はしみじみと思った。ただ、なんで顧客訪問の前にホットドッグなんて危険なものを選んでしまったのかという点については、同じく疑問に思うが——まあ、食べたかったんだろうなあ。

「ふーん。なんだか、呆《あき》れちゃうなあ」

横で聞いていた桃が、白けた調子で言った。

「クラスの男子って子供っぽいなーっていつも思ってるんだけど、大人になってもあまり成長しないんだね。結局男子って、ずっと男子のままなんだ」

妹のやさぐれ度が増していた。幼い妹にこのような男性への先入観を植え付けてしまってよいものか。都久音は返答に悩む。

姉は洟《はな》をすすりながら顔を上げると、ベッドにあったビーズクッションを手に取り、ポスポスと貧弱なパンチを打ち込み始めた。

「くそう、あの正社員風《せいしゃいんかぜ》フカシ野郎め。聖天《しょうでん》様のご加護を受けて育った、銀波寺の女を舐《な》めんなよ。仏罰《ぶつばち》で死ねばいい」

急に口が悪くなった。といっても姉は別に怒らせると怖いとかいうわけでもなく、ただ内弁慶なだけだ。両親にもこんな口をきいたことはない。

ちなみに聖天様とは、例の銀波寺のご本尊である大聖歓喜天《だいしょうかんぎてん》のこと。もとはインドのガネーシャという神様で、その使いはネズミである。

「……ところで」都久音は仏の慈悲の目で姉を見やりつつ、「早退理由はともかく、なんでお姉ちゃんは酔っぱらってるの？」

「それは……飲んでたから」

「飲んでた？　どこで？」

「公園」

「公園？　どこの？」

「ええと、どこだっけ……。銀波駅を降りて、さすがにご近所はまずいと思ったから、駅山を商店街の反対側のほうに向かって……。そこから少し歩いたところの、巻き物を持ったお坊さんの像がある公園で……」

「それ、私の小学校の近くじゃん！」末っ子が絶望的な声を上げる。「今日、三組の子たちが課外授業してたよ、あそこで！」

明日、妹の小学校で、真昼間から公園で自棄酒を呷るＯＬの噂《うわさ》が駆け巡るさまが容易に想像できた。それにしても人目は気にならなかったのだろうか。ちなみに駅山というのはＪＲ銀波駅がある小山のことで、駅周辺はちょっとした自然公園になっている。また巻き物を持ったお坊さんの像というのは、たぶん日蓮聖人《にちれんしょうにん》像のことだ。

すると、突然姉のバッグからスマホの着信音が鳴った。

姉がビクッと震える。無視するかどうか迷っているようだったが、しつこく鳴り続ける呼び出し音にやがて観念し、スマホを取り出して画面をタップした。

「はい。もしもし」

別人のようにか細い声だった。やはり会社からだったようだ。

「——あ、はい。今日は体調を崩して、午後休を頂いて——えっ？　あ、はい。小野《おの》さんとは途中で別れました。小野さん、午後はお得意さんの営業に行くって。はい。一人で。はい。——えええっ!!!」

唐突に、姉の声が裏返った。

そこから先はか細いというより気の抜けたような口調で応対し、やがて電話を切った。しばらく沈黙が流れる。

ややあって、姉が呆然《ぼうぜん》と呟いた。

「当たっちゃった……仏罰」

「え？」

すると今度は、ドタバタと階段を駆け上る音がした。

ノックもなくドアが開く。三角巾に割烹着《かっぽうぎ》姿の小柄な母親が、真《ま》っ赤《か》な顔で飛び込んできた。都久音たちが驚く間もなく母親はつかつかと長女に歩み寄ると、鬼のような形相で食って掛かる。

「佐々美！　あんた、一体何したの！」

姉は母親の気迫に慄《おのの》いて後ろに飛び逃げ、ベッドに足を取られて尻もちをついた。

「ご、ごめんなさい。私もまさか、本当にこんなことになるなんて……」

「ごめんなさい？　謝るってことは、やっぱり心当たりあるんだね。どういうことか、ちゃんと説明しなさい！」

「違うの。聖天様にお願いしたのは、つい勢いでというか……。私も本気で仏罰で殺してほしいなんて、これっぽっちも……」

「仏罰？　いったい何の話をしてるんだい。私が訊いてるのは、あんたがあの交通事故から、一人で逃げて来たんじゃないかってこと！」

交通事故？

母親は三角巾を取って汗を拭うと、すっと脇にどいてドアのほうを振り返る。

「とにかく……何があったのか、警察の人に正直に説明しなさい」

警察？

入り口を見て、都久音はあっと思わず声を上げた。

青色の制服を着た警官が二人、扉の陰に立っていた。若手と年配の男性の二人組だ。年配の警官のほうが一歩前に出ると、制帽のつばに手をやりつつ、姉に向かって小さく頭を下げた。

「どうも。銀波警察署のものです。すみませんが、銀波坂の事故について少しお話を伺えますか？」

2

「昨日はついに、母親が父親にキレちゃってさあ。危うく警察沙汰《ざた》」

スーパーの惣菜《そうざい》らしきクリームコロッケを箸でつつきつつ、梓がアンニュイな表情で呟く。

「夫婦で会話があるだけ、まだいいじゃん」

万穂が全く動じずに話を受け止め、栄養補助食品のスティックバーをぼそぼそとかじる。

そんな二人の毎度のやりとりを聞きつつ、都久音はぼんやりと箸を口に運んだ。ミニトマトが滑って机の上に転がったが、気付かずそのままガリッと箸の先端を噛《か》む。梓が不思議そうな顔をしてトマトを拾い上げ、都久音の弁当箱の蓋《ふた》に載せた。

「どうしたの、都久音。さっきからボーッとして」

「う、ううん」

慌ててご飯をかきこむ。今日ばかりは、どんな顔を見せていいかわからなかった。いつもは友人たちの不幸自慢に圧倒されるばかりの自分だが、今回は一味違う。なにせ昨日は「危うく」どころか、本当に警察沙汰になったのだ。

なんだか今日は、二人に勝てそうな気がする。

昨日、姉の事情聴取自体はあっさり終わった。特に逮捕や署まで任意同行といったことはなく、本当にただ交通事故についての聞き取り調査だったようだ。桃と二人で一階の茶の間でテレビを見ながら待つうちに、いつの間にか話は終わり、警官を外まで見送った姉と母親が疲れた顔色で茶の間に入ってきた。

「……まったく、なんだってんだい」

首をコキコキ回しながら、母親がぼやく。

桃が母親の背後に回って肩を揉みつつ、興味津々に訊《たず》ねた。

「ねえねえ。なんで佐々姉ちゃんのところに、警察が来たん？　教えてよ」

母親は長女と目を見合わせる。都久音が淹《い》れた茶を一口すすり、はあと重い溜息をついた。

「あんたら、袴田さんところで交通事故が起きたの、知ってるかい？」

交通事故というのはやはり、下校途中にラーメン店の店主から聞いた、例の銀波坂の事故のことだったらしい。

母親の話では、事故は午後三時頃に起きたとのことだった。銀波坂の上り車線を走っていた車が、スピードの出し過ぎでカーブを曲がり切れず、道路を逸脱。ブレーキも間に合わず、ちょうどカーブ部分に店舗を構えていた「袴田商店」に正面から突っ込んだらしい。

「袴田のおじちゃんたちは？　無事だったの？」

桃が心配そうに訊く。都久音の実家は「袴田商店」のお得意先の一つで、家族ぐるみの付き合いもある。ちなみに袴田さんのところには子供はおらず、夫婦はもう七十歳近いのだが、特に従業員は雇わず配達などもいまだ自分たちでしている。

「袴田さんところは、奥さんともに無事。ただ、お店が派手にやられたのと、突っ込んだ車の運転手がね……。即死だってさ」

母親がちらりと姉を見る。姉は悲哀と困惑の入り混じった複雑な表情をしていた。不思議に思って訊ねると、驚いたことにその運転手というのが、姉が午前中一緒に仕事をしていた例の正社員だったらしい。それで会社から確認の電話がかかってきたようだ。

「小野さん――その正社員の人、小野さんって言うんだけど――は、いつもの挨拶回りで、午後からお得意さんの地主のところに行く予定だったの。その地主さんの家があの銀波坂を越えた地域にあって、そこに向かう途中で事故を起こしちゃったみたい」

「小野さん、車だったの？」

「うん。会社の営業車。私もお客さんのところに行くときは、会社から一緒にそれに乗って向かう」

「佐々姉ちゃんは、午後の訪問には付き合わなくて良かったの？」

「うん。そっちは私、担当じゃないから」

「なら、お姉ちゃんはその事故には関係ないでしょ。なんで警察が話を聞きに来たの？」

「それがね――どうも小野さん、そのとき一人じゃなかったみたいなのよ」

佐々美が急に卓袱台《ちゃぶだい》に身を乗り出し、下世話な顔で言った。

「実はね。ちょうどそのとき、事故現場に居合わせた下校中の小学生がいて――その子が、見たんだって」

「見た？　何を？」

「事故のあと、助手席から誰かが出てくるのを」

「へえ？」

同乗者がいた、ということか。

「あと小野さん、少しビール臭かったらしくて。まあこのへんは血中アルコール濃度とか調べてみないとわからないそうだけど、飲酒運転だったんじゃないかって。だから助手席の人が、自分も捕まることを恐れて、こっそり逃げたんじゃないかって――」

それで警察は逃げた人間の足取りを調べ、その途中で姉のことが耳に入り、家まで聞き取り調査に来た――というわけか。

銀波坂はだいぶ昔は寺の裏参道として栄えたそうだが、今はあまり使われない坂だ。都久音が生まれる前に別の広い国道が出来て、そちらのほうが便利で安全なので、車も人も皆そちらへ流れてしまった。また少ない交通量の割には事故も多く、そのせいで地元ではちょっとした心霊スポットになっている。怪談話にしては、春になると、坂沿いに植えられた桜の木の下に美女が現れ、男の運転手を誘惑して事故を起こさせる――というなんとも艶《つや》っぽいものだが、ようは桜のせいで余所見《よそみ》運転する人が多いだけじゃないの、と都久音は睨《にら》んでいる。

「でもさ」桃が天井を見ながら言う。「それって運転手が即死しちゃうぐらいの、大事故だったんでしょ？　なら助手席の人も、大怪我してたんじゃない？」

「ううん。スピードは出てたけど、ブレーキはわりかし早く踏んだみたいで、衝突自体はそれほどじゃなかったみたい。お店も正面のシャッターの柱が歪《ゆが》んだぐらいで、車は店内まで入ってこなかったって」

「じゃあなんで、佐々姉ちゃんの会社の人は死んじゃったの？」

「串」

「クシ？」

「死因は、焼き鳥の、串」

姉はちょうど落語家みたいな仕草で、見えない焼き鳥の串をハムリと咥《くわ》える真似《まね》をする。

「小野さんそのとき、焼き鳥を食べながら車を運転してたんだって。で、車が衝突したときにエアバッグが膨らんで、それが当たってグサッと喉の奥まで――」

うげ、と桃が舌を出して喉に手をやった。都久音も顔をしかめる。あまり想像したくない死に方だ。

「よりにもよって、そんなもんで死んじまったなんてねえ」

母親が頬に片手をやり、口をすぼめて小皺を寄せる。

「その人も気の毒だけど、こっちも験《げん》が悪いよ。死に方がそんなもんだから、事故の噂はたちまちこの商店街にも広まってね。焼き鳥絡みだからなのか何なのか、その人が事故前に飲んだのが、うちの店ってことにもなっていて。石売り屋には、あんたんとこは娘に美人局《つつもたせ》でもさせてんのかい、なんて笑われちまって――」

石売り屋というのは、ぎんなみ商店街唯一の宝石店、「ジュエリー神山《かみやま》」のことだ。庶民的なこの商店街にはまったくそぐわない高級宝石店で、都久音は誰が買うのか常々疑問に思っている。オーナーは母親と同い年の独身のご婦人で、母親とは幼馴染《おさななじみ》でもあるらしい。顔を合わせれば口《くち》喧嘩《げんか》ばかりだが、なんだかんだ電話で世間話したり土産物《みやげもの》を贈りあったりしているので、それほど険悪な仲というわけでもない。

「そんな。私が美人局なんて……」

姉がさも迷惑そうに言いつつ、都久音が差し出した茶を口に運ぶ。ただ言葉とは裏腹に、口元が若干緩んでいた。少し嬉しいのか。

「ツツモタセって、何？」

桃が純真な目で訊き返す。どう穏便に答えようか迷っていると、母親がなんのオブラートにも包まずに答えた。

「女が男をたらしこんで、後で脅して金を巻き上げることだよ」

簡潔かつ、身も蓋もない説明である。

「まあ美人局なんてもん、あの子にできるかどうか面見《つら》てからいいな、って言い返してやったけどね」

途端に姉の肩が落ちた。母親はそんな娘の反応を気に留める様子もなく、ぐっと湯呑《ゆの》みを傾けて一息で茶を飲み干す。チラリと壁の柱時計を見て、よっこらせ、と立ち上がった。

「そろそろ夜の仕込みに入らないとね。とにかく、こっちはいい迷惑だよ。早く警察がその助手席の人とやらを見つけて、騒ぎを落ち着かせてくれないもんかね。あんたらも、変に人様にしゃべるんじゃないよ。この事故のこと」

――どうしよう。しゃべっちゃおうかな。

梓と万穂を前に、都久音はうずうずしながら卵焼きを箸でつつき回す。母親には釘を刺されているし、他人の不幸を面白おかしく話すのもあまりいいことではないが——普段は聞き役に回るばかりの自分なので、是非ともこの会話のカードは活かしたいところだ。

だが話を切り出す前に、スティックバーを食べ終えた万穂の口から、意外な発言が飛び出た。

「警察沙汰といえば——知ってる？　銀波坂の、謎の同乗者消失事件」

ピタリ、と都久音の箸の動きが止まった。

「何それ。怪談？」梓が訊き返す。

「怪談というより、ミステリーかな。昨日の夜、私のSNSのタイムラインに流れて来たんだけど。横浜のM区にある銀波寺って寺の近くに、心霊スポットとして有名な坂があるのね。そこで交通事故が起きたんだけど、その事故の直後、助手席にいたはずの人間が跡形もなく消えちゃったんだって」

「怪談じゃん」

「違くて。助手席の人が、事故後に行方《ゆくえ》をくらましたの。現場から逃げたってこと」

「なんで？」

「だから、それがミステリー。私も昨晩知ったばかりだけど、もうネットにはいろんな説が出回ってるよ。飲酒逃亡説、不倫説、ただの見間違い説ややっぱり幽霊説、美女スパイ暗殺説……」

なんでもうそんなに噂が広まってるの！

都久音は目を瞬《しばた》かせた。昨日起きたばかりで、新聞にも載っていないような話である。自分も決してネット音痴というわけではないが、ここまで世間に出回るスピードが速いとは——恐るべし、情報化社会。

「前の四つはともかく、最後の『美女スパイ暗殺説』って何よ?」

「その被害者の知人に、ものすごい美人の飲食店スタッフがいたんだって。それが外国企業の産業スパイで、日本の不動産の情報を手に入れるために被害者に近づいて、それで正体がバレて暗殺したんじゃないかって——ああ、被害者は不動産会社の社員ね」

「暗殺って……事故だったんでしょう?」

「それがね。直接の死因は事故じゃなくて、焼き鳥の串だったらしいの。尖《とが》った竹串で、こう喉から後頭部に向けて、グサッと——」

「焼き鳥の串? え、ちょっと待ってよ。そんなのもう、絶対に凄腕《すごうで》の殺し屋の仕業《しわざ》じゃん」

噂に尾ひれもいいところだった。リュウキンのしっぽか。誰が書き込んだか知らないが、その人も実物を見たら心底がっかりすること請け合いだ。

「……あのさ」

梓がしばらく黙ってから、急に真剣な表情で声を潜める。

「私さ。不謹慎だけど、人が死ぬ小説が好きなんだよね」

「奇遇ね。私も」

万穂が同意する。えっ、と都久音は驚いて二人を見やる。

「……やっぱり。中三のときも、よく塾で本読んでたよね。あれ何読んでたの?」

「あの時期なら、たぶんエルロイかな。海外ミステリ開拓してたころだったから。日本の推理小説はあまり読まない」

「へえ。私はむしろ、国産のミステリやホラーとかのほうが多いや。さっきちらりと見えたけど、今も鞄に本が入ってるっしょ。それ何？」

「アンデシュ・ルースルンド&ステファン・トゥンベリ。『熊と踊れ』」

「ああ。聞いたことある。何かのランキングに入ってなかったっけ、それ。面白い？」

「兄弟愛がいいね」

どうしよう。まったく話についていけない。

都久音はうろたえて二人を交互に見た。二人は出身中学こそ違うものの、一時期は同じ塾に通っていて、入学前から面識があったらしい。同じ高校に合格し同級生になったのを縁に仲良くなり、そこにあとから都久音が参加した形だ。

梓がうっすら頰を赤らめ、照れくさそうに言った。

「それでさ――まあ、子供っぽい話なんだけど、私、探偵活動みたいなのにちょっと憧れててさ。本当に高校生にもなって、なんだって話だけど。だからまあ、もちろん馬鹿らしかったら断ってくれていいんだけど、よかったら今度の週末にでも、その事故のことを調べに、現場に――」

都久音はガタンと椅子を蹴り、立ち上がった。

椅子が床を滑り、後ろの別の女子グループに当たって、きゃっと甲高《かんだか》い悲鳴が上がる。都久音は慌てて振り向き、謝罪して椅子を戻した。顔を真っ赤にして座り直す都久音に、梓と万穂が怪訝《けげん》な眼差《まなざ》しを向ける。

「どうしたの、都久音。いきなり立ち上がっちゃって」

「わ、私――」舌がもつれた。「思い出した」

「思い出した？　何を？」と万穂。

「その事故のこと。その真相、私知ってる」

「え、本当？」

「う、うん」

頭から煙が出るくらい、脳細胞を総動員させる。

「え、ええとね――うちのお姉ちゃん、派遣社員をやってるんだけど。偶然にも今、その事故を起こした人と同じ会社に勤めてて。いや、全然顔見知りとかじゃないんだけどね。まったく違う部署の、完全に赤の他人なんだけど。ただ、変な事故だったから、社内でも噂になってて――それで誤解が広まらないよう、きちんと会社から説明があったみたい」

「なんだ。もう解決済みなんだ」梓があからさまにがっかり顔をする。「まあ現実なんて、所詮そんなものだろうけど」

「で、なんだったの？　その助手席の人が消えた理由って」

万穂の質問に、都久音はあははと誤魔化《ごまか》し笑いを浮かべた。

「な、何だったっけなあ――ごめん、忘れちゃった。なんていうか、記憶に残るほど大した理由じゃなかったから。うん。全然現場に調べに行く価値もないくらい、どうってことない理由」

「ふうん。でもそこまで聞いて止められるの、なんかモヤモヤするなあ。どうにかして思い出せない？」

「それって警察の公式発表？　会社の広報が用意した、建前の説明じゃなくて？」

「ど、どうだったかなあ」

二人のしぶとい追及に、都久音はたじたじになりながら答える。

「本当に私にとっては、どうでもいいことだったから。でも梓と万穂がそんなに気になるなら、もう一度訊いておこうか？」

3

「この謎、土日で解くから」

その日の晩、都久音はまだ夕食の皿が残る卓袱台の前で姉妹にそう宣言した。

「急にどうしたの、都久姉ちゃん。探偵にでもなったの？」

食後のリンゴをかじりながら、桃が不思議そうな顔で訊ねる。

「探偵をさせないために、先回りして謎を解くの」

「ん？　どういう意味？」

桃が首を傾げる。その横で、腹ばいでテレビを見ていた姉が足をジタバタさせた。

「えー。天秤座《てんびん》、週末は誤解される言動に注意、だって。この占い師さん、結構当たるんだよなあ」

まったく話さえ聞いていなかった。誰のせいでこんな苦労を背負い込んだと思っているのか。そのスウェットがめくれた脇腹を蹴り飛ばしてやりたい衝動に駆られるが、ひ弱な姉に当たり散らしてもこちらの罪悪感が増すだけなので、じっとこらえる。

先回りして謎を解きたい理由はもちろん、梓たちに実家のことを調べさせないためだ。地元でも噂になっている話だ、商店街で聞き込みでもすれば、すぐにうちの姉が絡んでいることはバレてしまう。あとは芋づる式だ。

「でも珍しいね。都久姉ちゃんが、そんなやる気を出すなんて」

桃がリンゴの残りを一口でほおばり、立ち上がる。

「まあなんだか知らないけど、頑張って」

そのまま食器を持って流しに向かおうとしたので、慌てて呼び止めた。

「待って、桃。どこ行くつもり」

「ん？　食器を片付けて、部屋に戻るつもりだけど」

「桃も手伝ってよ。謎解き」

「えー、やだよ。めんどくさい」

桃が口を尖らす。

「私これから、学校の宿題やんなきゃいけないし。そのあとはゲームもしたいし」

妹は成績優秀な上に見た目も可愛らしく、商店街の広告モデルに採用された実績もあるほどだ。ただ性格はやや男の子っぽくって、今はファッションやアイドルなどより、格闘や射撃戦などのバトル系ゲームにはまっている。

「桃、今度夏に出るゲームが欲しいってお母さんにねだってたよね。もし手伝ってくれたら、それ買ってあげる」

「えっ、本当？　なら、やるやる」

途端に桃が目を輝かせ、流しに洗い物を突っ込んで超特急で戻ってきた。現金なものである。

出費は痛いが、謎解きにこの利発な三女の協力は欠かせない。必要経費と考えよう。

そんな胸算用をしていると、姉が芋虫のようにこちらに這《は》い寄り、そっと耳打ちしてきた。

「大丈夫、都久音？　あのゲームソフト、七千円ぐらいするよ」

げ。そんなに高いのか。

「……お姉ちゃん、半分出してよ」

「なんで私が？」

「半分は、お姉ちゃんの名誉挽回《ばんかい》のためでもあるんだから。知ってる、お姉ちゃん？　この事故のこと、結構ネットで噂になってるんだよ。美女スパイ暗殺説なんてものまで流れてるんだから」

「今度は美女スパイか。どうしよう。表を歩けなくなっちゃう……」

姉が頬に両手を当て、憂鬱そうな顔を見せた。ただやっぱり、ちょっと嬉しそうなのがなんとも業腹《ごうはら》である。

「でもまあ、それでうちの店が困っているのも事実だよね」

桃が卓袱台の上をせっせと片付けながら、怒り顔で言った。

「最近、店に変な人たちが増えた、ってお母さん心配してた。噂を聞きつけた自称ユーチューバーみたいな人たちが、撮影にやって来ているみたい。そんなふうにネタ扱いされるのって、ちょっと腹立つ。お父さんとお母さんが頑張ってここまで大きくした、大切な店なのに」

「桃……」

少し胸が熱くなった。実家の店は、もともとは母方の祖父が始めたものだ。祖父の死後は一度経営が傾きかけたが、婿入りした父親と母親の頑張りで、なんとか持ち直したらしい。

謎を解きたい理由がそんな店のことを隠すため、というのがなんとも気まずい限りだが――まあそれはそれ、これはこれだ。

「そうだね、桃。お父さんとお母さんのためにも、頑張ってこの謎を解決しよう」

「うん。でも、約束は約束だからね。ゲームは買ってよ、都久姉ちゃん」


事故の詳細は姉が警察から聞いていた。食後で眠たげな姉の記憶を妹二人で必死につつきまわし、なんとか情報を引き出して整理する。

それによると、事故が起きたのは昨日の木曜日、午後三時頃。場所は銀波坂途中のカーブで、スピードの出し過ぎでカーブを曲がり損ねた乗用車が、道沿いに建っていた「袴田商店」の店舗に突っ込んだらしい。

幸いお客はおらず、車も正面のシャッター柱にぶつかって止まった。店内まで車は入らず、店主も片付けのときに指をガラスで切ったくらいで済んだそうだ。

ただし運転手は即死。といっても直接の死因は事故の衝撃ではなく、例の焼き鳥の串だ。衝突の際にエアバッグが膨らみ、それに咥えていた串が弾《はじ》かれて、喉奥に突き刺さったのだという。

奇妙なのは、事故直後に現場を通りかかった下校中の小学生が、助手席から誰かが出てきたと証言したこと。小学生は店と道路を挟んだ反対側の歩道を歩いていたが、店舗に突っ込んでいた事故車を目にして驚いているうちに、助手席側のドアから誰かが出てくるのを見たらしい。

とはいうものの、向かいの歩道に立つ小学生の視点からは、車体が邪魔して助手席側は見えないはずだった。だから正確に言えば、それは車の屋根越しに黒い頭のような影が見えたという程度。その人影に気を取られた小学生は、持っていたサッカーボールを取り落としてしまった。坂道を転がるボールを追いかけて拾い上げ、戻ってきたときには、すでに人影はなかったという(図「目撃状況」参照)。

「袴田のおじさんたちは？　ご夫婦は二人とも、その人影を目撃しなかったの？」

「奥さんはそのとき、配達で外出中。旦那さんは一階の奥の部屋で帳簿の整理をしていて、物音に驚いて店内に戻ったときには、事故現場には誰もいなかったって。運転席の小野さん以外は。入り口の自動ドアは衝突の衝撃で故障したらしいから、あくまで店内からガラス越しに覗《のぞ》いて、だけど」

ふーん、と桃が百八十度開脚で柔軟体操をしながら相《あい》槌《づち》を打つ。小学生が人影を目撃してからまた現場に戻ってくるまでの間、あるいは事故の音を聞いた店主が奥から出てくるまでの間に、その人影は煙のように消え去ったということだろうか。時間差がどのくらいあるかは不明だが、聞いた感じ、それほど長い時間ではなさそうだ。

「ドライブレコーダーとかは？　あとお店の防犯カメラには映ってなかったの？」桃が前屈姿勢で訊ねる。

「会社の営業車には予算の関係で、まだドライブレコーダーはついてなかった。お店の防犯カメラはずいぶん前に故障して、買い直す余裕もないからダミーで設置していただけだって」

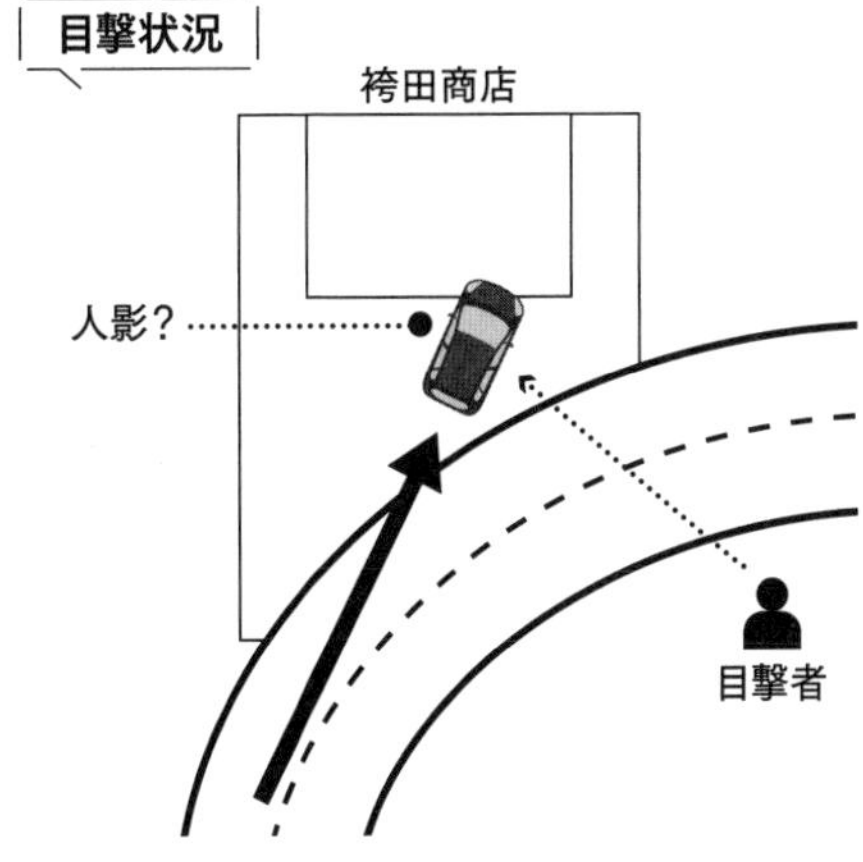

なんとも世知辛い。確かに最近、「袴田商店」は量販スーパーや通販サイトに押され、経営は厳しかったと聞く。

「あと小野さん、少しビール臭かったみたい。警察の人は、ノンアルコールビールかもしれないとは言ってたけど……」

現場に駆け付けた警察官の話によれば、被害者からはビールのような臭《にお》いもしたらしい。それで同乗者の逃亡が疑われたのだ。ただ車内に転がっていたのはノンアルコールビールの空き缶で、本物のビールではなかった可能性が高い。しかしその消えた同乗者が缶をすり替えた可能性も否めないので、結論は被害者の血中アルコール濃度の検査待ち、とのことだった。

「まいっちゃうよね。そのせいで、うちの店で飲んだんじゃないかなんて噂が立っちゃうし。私まで『美人局』なんて疑われちゃって。『美人局』なんて、そんなはしたない……」

美人局、という響きが気に入ったらしい。

「お酒はともかく、焼き鳥は？　このあたりで買ったなら、やっぱりうちの店だったんじゃないの？」

「ううん」

姉がヒマワリ柄のクッションを抱え、ゴロンと畳に寝転ぶ。

「コンビニのだったみたい。車内に紙袋が落ちてたって。あと喉に刺さってた串にも、モモタレが一切れ残ってたみたいで。警察の人も一応写真とうちの焼き鳥を比較して、『ああ、違いますね』って――」

「――ちょっと待って、佐々姉ちゃん」

すると複雑なヨガのポーズをしていた桃が、急に話の腰を折った。

「今、串にモモタレが一切れ残ってた、って言った？」

ポーズを解き、鋭い眼差しをじっと長女に向ける。

「モモ塩、じゃなくて？」

謎の迫力に押され、姉が言葉に詰まりつつ答える。

「う、うん……確かにあのとき、モモタレって言ってた気がするけど。でもそれって、そんなに重要？」

「重要だよ。その小野さんが食べてたのがどっちかによって、だいぶ話が変わってくるじゃん」

「えっ、なんで？」

「どうして？」

不本意にも姉と声が揃う。

「えー。なんでわからないかなあ」

桃が口を尖らせる。

「いい？　小野さんは午後、お得意さんのところに向かう予定だったんだよ。しかもホットドッグを食べて服を汚した佐々姉ちゃんを、散々バカにしたあとに、だよ？　そんな人が、お客さんの訪問前にタレ付きの焼き鳥を食べながら運転なんて真似、するかなあ？」

あっと都久音は思う。佐々美はまだピンと来ない様子で、「そう？」と曖昧《あいまい》に首を傾げた。

「どこかに停車して食べるならまだしも、運転しながらなんてリスキーすぎるよ。私もお気に入りの服着てるときは、間違ってもタレは選ばないようにしてるし。お酒なら少し時間を置けば抜けるかもしれないけど、醤油染みは勝手に落ちないよ。塩ならまだしも、小野さんがそこでタレを選ぶのは絶対に不自然」

「でも、どうしてもタレが食べたかったんじゃ……」

「そんなふうに社会人としての常識が食欲に負けるの、佐々姉ちゃんだけだから」

桃がバッサリと切り捨てる。まあそのあたりの感覚には個人差があるかもしれないが、姉の話を聞く限り、その小野という男性は間違いなくエチケットにうるさいタイプだ。桃の疑問も頷ける。

「考えられる理由は、いくつかある」

妹が賢《さか》しげな口調で、一本指を立てる。

「一つ目は、小野さんは最初からお客さんの所に行くつもりなんてなかった説。だから服が汚れることなんて気にせず、運転しながらタレ付きの焼き鳥を食べた」

「小野さんがサボるつもりだったってこと？　それはないでしょ。うちの会社、スマホのGPSで営業の居場所を管理してるし。結構そういうの厳しいよ」

やだなあ、そんな会社。都久音はつい憂鬱になるが、そういう監視の仕方は今では普通なのだろうか。

「誰もサボり目的なんて言ってないよ。そしたら小野さんがわざと事故を起こしたっていうのは？　小野さんはそのお得意さんのところに行くのが嫌で嫌でたまらなくて、うつ病っぽくなってたとか。それで事故を起こせば行かなくて済むと考えて、早まった真似をした――」

「あの人は自分がうつ病になるより、そのストレスを他人にぶつけて、周りをうつ病にさせるタイプだと思う」姉が表情に陰を作りながら答える。

「そっかー。……じゃあ逆に、会社の業務命令だったたっていうのは？」

「業務命令？」

「地上げってやつ。佐々姉ちゃんの会社、不動産会社でしょう？　だから土地開発とか何かで、袴田さんのお店の土地が必要になったんだよ。それで袴田さんを立ち退《の》かせろという闇の指令を受けた小野さんは、泣く泣く自棄酒を呷って突っ込んだ――」

都久音の視線が、つい茶の間のテレビ台に向いた。実家の店には一人客向けに雑誌や漫画などが置いてあり、そこから溢《あふ》れた一部がテレビ台の棚にも収まっている。中には詐欺師や金融の裏社会をテーマに扱った青年向け漫画も多数あり、桃は暇なときにそれらを読んでは、小学生にしては無駄に早すぎる知識を吸収していた。そのへん両親は寛容というか、あまり気にならないらしい。

「桃……それはさすがに、漫画の読みすぎ」

姉が珍しく身内をたしなめた。

「確かに昔は、そういう強引な地上げもあったらしいけど。でも今は法律が厳しくなって、あまり無茶はできなくなってるんだって。犯罪収益……ナントカ法？　とかで、違法行為でお金を稼いでも、捕まったあとに全部国に取り上げられちゃうらしいよ」

「そっかー。やっぱり漫画と現実は違うなあ」桃は素直に受け入れ、「小野さんがわざと事故を起こしたんじゃないとすると、考えられるのはあと一つなんだけど……でもリアリティという意味では、こっちのほうが薄いかなあ」

「もう一つって、どんなの？」都久音は訊ねる。

「殺人説」

「殺人？」

「助手席にいた人が、事故を装って小野さんを殺したの。つまり事故は偶然でも小野さんがわざと起こしたのでもなく、誰かが偽装したものだってこと。だったら殺すほうは凶器の串がタレか塩かなんて気にしなかっただろうし、助手席の人が消えた理由も説明できるでしょ」

あ、美女スパイ暗殺説。

佐々美が訝《いぶか》しげに眉をひそめる。

「でも、小野さんがそんなやり方で殺されなきゃいけない理由って、何？」

「うん。そこなんだよねえ、この説の欠点は。小野さんが殺される動機と、犯人像。それがなかなか思いつかなくって——佐々姉ちゃんの会社、実は国家を揺るがすようなすごい企業秘密、隠してない？」

「あるわけないでしょ。ただの中堅不動産会社に」

……やっぱり無理かなあ。

姉妹のやり取りを聞きながら、都久音は半ば諦め顔で溜息を漏らす。そもそも警察にも解けないような謎を、素人《しろうと》の自分たちだけで解決しようと考えるのが間違いなのかもしれない。それも土日で。学校の宿題じゃないんだから。

「うーん。やっぱりこれだけだと、まだ情報が足りないなあ」

桃が伸びをし、テレビ台の隅に置かれた陶製の招き猫を無意味に撫でる。ぼうっと点《つ》けっぱなしのテレビを見て、ふと思いついたようにジュニア向けのスマホを手に取った。

「そういや目撃者の子、下校途中の小学生って言ってたよね。だったらうちの小学校かも。まずは目撃者にあたるっていうのが捜査の基本だよね。友達に知ってる子がいないか、訊いてみるよ」

4

「……あの子？」

「うん」

水飲み場にいるユニフォーム姿の少年を見ながら都久音が訊ねると、桃が頷く。

土曜日の午前中。ＪＲ銀波駅のある小山の周辺は自然公園になっていて、その一角にテニスコートやサッカー場を備えた運動広場がある。三姉妹がいるのはそこだった。ちなみにこの自然公園は地元民にも人気のスポットで、春は花見、夏はスポーツ広場やプール施設、秋は紅葉目当ての散歩客で賑わう。

目撃者はやはり桃と同じ小学校だった。二年生の男子児童で、地元のサッカークラブに所属し、毎週土曜の午前中はここで練習しているという。桃が友人から入手した情報や写真をもとに探しに来ると、目当ての少年はすぐに見つかった。元気溌溂《はつらつ》としたあどけない顔立ちで、まだ少しぶかぶかのユニフォームや、ちょこんと跳ねた寝ぐせが可愛い。

さすがに練習中に呼び出すわけにはいかないので、都久音たちは保護者に混じってベンチで待っていた。ゴールを外していっちょ前に悔しがる当の男の子を微笑ましく眺めつつ、都久音は乾いた声で隣の姉に話しかける。

「ところで、お姉ちゃん……ずっと訊きたかったんだけど、その怪しげな格好、何？」

変装のつもりだろうか。姉は不審者そのものだった。頭には釣り鐘形の帽子を目深《まぶか》にかぶり、目にはサングラス、口にはマスク。ひょろ長い体には、ネズミ色のトレンチコートを着ている。かろうじて春らしいのは、首に巻いている黄緑色のストールだろうか。もっともそのストールは都久音のお気に入りの私物で、どうしてもというので貸してあげたが、こんなぞんざいなコーディネートに使われているのを見ると、首からもぎ取りたくなる。

「違うの。これは――」

「私がお願いしたの。友達にバレたくないから」

桃の指示だったのか。そういえばお姉ちゃん、小学校近くで飲んだくれているところを、桃の同学年の子に目撃されてるかもしれないんだっけ。でもこの格好、余計に目立たない？

周囲の保護者の視線が痛いので、姉には少し離れた木陰で待機するよう指示し直した。やがて正午近くになって練習が終わり、短いミーティングや片付けのあとに、帰り支度が始まる。周りの友達が親兄弟と一緒に帰っていく中、男の子はユニフォーム姿のまま、一人ぽつんとスタンドに残ってボトルのドリンクを飲んでいた。どうやら迎えを待っているようだ。

話しかけるなら今だろう。佐々美には後ろで待機するよう命じて、都久音と桃は少年に近づく。

「こんにちは！　木暮良太《こぐれりょうた》くん、だよね？」

「うん」

桃が笑顔で声を掛けると、男の子は素直に頷いた。桃の親しげな挨拶に、友達の家族とでも思ったようだ。

「私、内山桃。銀波小学校の五年生。あのさ、良太くんの友達に、渡辺真也《わたなべしんや》くんっているじゃん？　その子のお姉ちゃんが、私の友達」

「シンヤの姉ちゃん？」

「の、友達。でね……木曜に、銀波坂で交通事故があったじゃん。それを良太くんが見たって聞いたから、ちょっとその話が聞きたくて……」

するとそれまでにこやかだった男の子の顔が、突然さっと強張《こわば》った。

視線が明後日《あさって》の方向を向く。少年は急に無言になって都久音の肩の上あたりを見つめると、いきなり踵《きびす》を返し、駆け出した。

――逃げた？

え、なんで？　と都久音は混乱する。一拍置き、桃が「待て！」と叫んで走り出した。都久音も慌ててそのあとに続く。

しかしぐんぐん距離が開いた。さすがにサッカークラブに通う男子だけあって、足が速い。追いつけない――と諦めかけた、そのとき。何かが疾風のように横を駆け抜けた。

姉だ。

都久音の鼻先で、トレンチコートの裾が颯爽《さっそう》と翻る。その瞬間、都久音の目の奥にぱっと昔の記憶が蘇《よみがえ》った。あれは、そう――姉の中学校の運動会を、家族で見に行ったときだ。リレーの選手が病欠したか何かでなぜか代走に選ばれた姉は、クラスメートの誰一人期待していなかった中、持ち前の長い手足を活かしたストライド走法で、前を行く選手たちを一気にごぼう抜きにした。あのときの姉の姿の、なんと誇らしかったことか――。

と、過去の姉の栄光が一瞬脳裏によぎったが、本当に一瞬だけだった。姉の背中を追って駅山の線路を越え、商店街と並行する路地を通って銀波坂に出ると、電柱に手をつきながらハァハァ息を切らす惨めな姉の姿があった。坂の手前でバテたらしい。

「お姉ちゃん、あの子は？」

途中で拾った帽子を手渡しながら訊ねると、姉はぜいぜいと死にそうな呼吸で坂の上を指差した。中腹辺りで、カーブを曲がる子供の背中が見えた。もうだいぶ距離がある。

姉が脇腹に手を添え、突然しゃがみこんだ。

「あいたたた。急に走ったせいで、筋肉が……」

運動不足すぎる。

「お姉ちゃん、まだ二十五歳でしょ。体がナマるの早すぎない？」

「ね、ねえ……。三十過ぎると急にガタが来るって言うけど、今からこれじゃ、ちょっと先が怖いな。早めに受けようかな、人間ドック……」

老化を積極的に受け入れる方針らしかった。もっと現在の生活態度を見直すとか、そういう前向きな返答を期待したのだけれど。

「でもあの子、なんでいきなり逃げたんだろ？」

「さあ……」

桃の疑問に都久音も首を捻る。事件のことを訊かれて逃げたということは、やはり何かやましいことでもあったのだろうか。まさか、目撃証言は嘘だった？　いやでも、そんな嘘を吐《つ》く理由なんて――。

ウゲェエエェッホン！　と、姉が血でも吐きそうな勢いで咳《せき》をした。それでようやく呼吸も落ち着いたらしく、ふう、とすっきりした顔で立ち上がる。

サングラスとマスクを外し、眩《まぶ》しそうに目を細めて言った。

「やっぱり子供は元気だなあ……。そういえば、お味噌がもうすぐ切れそうだったんだ。せっかく銀波坂まで来たんだし、『袴田商店』さんとこに寄ってく？　現場の聞き込みもできるし」

「うん。いいよ」


店に着いてみると、事故車はすでに撤去されていた。ただ店舗手前の駐車場には黄色いテープが張り巡らされ、地面にはガラスの破片が散乱している。窓枠だけになった正面のガラス部分が、事故の事実を物語っていた。何かのおこぼれを期待したのか、数羽のカラスが店の周囲を漁《あさ》っている。

「あらあ。多美枝《たみえ》ちゃんとこの」

店前を掃除していた老齢のご婦人が、気配に気付いて顔を上げた。店主の奥さん、袴田加代子《かよこ》さん。多美枝というのは都久音たちの母親の名前で、加代子は母親より十歳以上年上だ。

「こんにちは、袴田のおばさん」

「どうしたのー、三人で。もしかして、うちに買い物？」

「はい」姉がちらりと壊れた店舗を見つつ、「できたら、そう思ったんですが――」

「あらま。こりゃありがたいね。ささ、入って入って」

「なんのなんの。壊れてんのは表のガラスだけで、中の売りものは無事なの。こんなんで嫌じゃなきゃ、好きに買っていって」

「え？　いいんですか」

店内は思いのほか綺麗だった。淡い蛍光灯の光が、整然と商品の並んだ棚を青白く照らす。

「車はそこのシャッター柱で止まってねえ」レジに向かいながら、加代子が正面側のロールスクリーンの下りた一角を指差した。「聖天様のご加護かねえ。ガラスの破片も全部あそこのカーテンが防いでくれたから、中まで飛び散らなかったのよ。だから安心してよー。そこいらの棚の商品、全部無事だから」

都久音はカーテンに一番近い棚に近寄った。確かに商品はうっすら埃《ほこり》をかぶっているくらいで、ガラス片などは見当たらない。窓際の床に、少し破片の名残が見えるくらいだ。日除《ひよ》けのロールスクリーンがガードの役割を果たしてくれたらしい（図「事故現場」参照）。

姉が店内を見回しながら訊ねる。

「袴田のおじさんは？　配達ですか？」

「はいはい。なんですか？」耳が遠いのか、加代子が無邪気な笑顔で訊き返す。

「……ご主人は、配達中ですか？」

「ああ。あの人ね。あの人は、布団」

「布団？」

「中で布団をかぶって寝てんの。調子崩して」

加代子がレジの椅子に座りつつ、奥の住居部分に続く障子戸に目をやる。

「お加減、悪いんですか?」

「なんのなんの。体は大したことないの。けど、気持ちがね。この事故で、ちょっと参っちゃったみたいで——あの人も歳《とし》だねえ」

ガチャン、と音がしてレジの引き出しが開いた。あれま、とつぶやいて奥さんはその引き出しを押し戻す。間違えてボタンを押してしまったらしい。

「でもまあ、歳なのはお互い様だけどね。毎年正月になると、今年こそ店を閉めるだの閉めないだの、そんな話ばかり繰り返してんの。まあこんなうちらでも、やめたら迷惑かかるお客さんもいるからねえ。なかなかそうも踏み切れないけど」

「袴田商店」は明治時代から続く老舗だが、今の夫婦には子供がいない。ご主人も会社勤めなら、とっくに定年を迎えている歳だ。袴田さんところが辞めたら醤油の仕入先はどうしようかね、なんて話を両親がしているのを、都久音も耳にしたことがある。

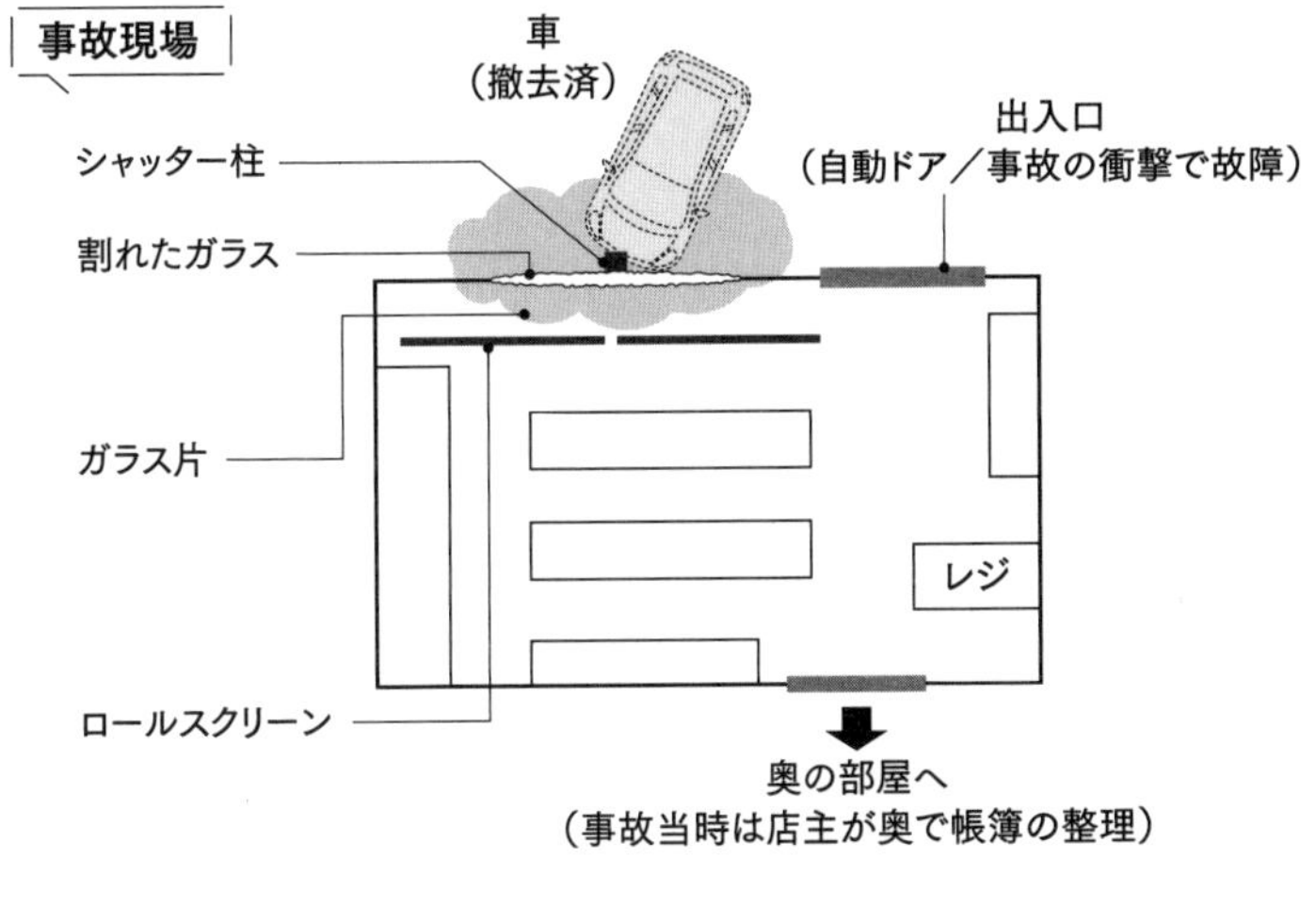

ボーン、と年代物の柱時計が鳴った。ぼんやりとレジを見つめていた加代子は、その四半刻《しはんとき》を告げる音にハッとしたように顔を上げると、皺深い笑みを浮かべて言った。

「さあさあ、何でも買って行って。わざわざこんなときに、こんな坂の上まで足を運んで来てくれたんだ。サービスしとくよ」

商品を選びがてら、それとなく事故のことを質問する。しかし加代子はその時間配達中だったため、都久音たちと同様、警察の話以上のことは何も知らないようだった。店主も店の中から通報しただけで、事故車には一切近寄らなかったという。

「ただ、ついさっき思い出したんだけど——そういえば私、事故の前に、あの子と店の前で会っているのよねえ」

すると話の途中、加代子がふと言った。都久音は首を傾げる。

「あの子というのは？」

「良太くん。その人影を目撃したっていう男の子。昔面倒を見てあげた縁で、仲良くてねえ。配達途中でこの店の前をバイクで通り過ぎたとき、坂を上ってくるあの子とすれ違って、挨拶したのよ」

「それは、事故のどのくらい前のことですか？」

「三時の十分前くらいかしらねえ。配達に出たのがそこの時計がボーンと鳴った二時半で、それから二十分くらいかけて、また店の前まで戻ってきたから……」

ふうむ、と都久音は腕を組む。ちなみに事故が起きた午後三時ごろという時間は、死亡した小野が持っていた会社のスマホのGPS記録で確認したものらしい。

「と、いうことは――男の子は事故の十分前くらいに一度店の前を通り過ぎて、また戻ってきたってことですか？　その戻ってきたときに、事故を目撃したと？」

「そういうことになるのかしらねえ……」

引っ掛かる話ではあった。男の子が事故を目撃したあと、落としたボールを取りに行ってまた戻ってきたという話は聞いていたが、事故前にも一度店の前を通っていたというのは初耳だ。とするとその日、男の子は二度、店の前に戻ってきたことになるが――。

「――それじゃあね、袴田さん。アタシはもう行くけど、そうあんま気に病むんじゃないよ。お大事に」

するとレジ奥から低い女性の声が聞こえた。ガラリと障子戸が開き、中から誰かが出てくる。

先客がいたらしい。

その声に聞き覚えがあった。この酒焼けしたような独特のガラガラ声は、確か――。

奥から現れた人物は、都久音たちを見ると驚いたように足を止めた。

「おや。アンタらは、『串刺し屋』んとこの……」

やっぱり。高級宝石店「ジュエリー神山」のオーナー、神山園子《そのこ》さんだ。

ほのかに醤油の香りが漂う店内に、ぷうんと香水の匂いが混じった。パッと見には若い女性にも見える金染めの髪に、濃いメイク。白粉《おしろい》と赤い口紅を塗り重ねたその厚化粧顔は、夜道で出会ったら少しぎょっとしそうだ。ただ目鼻立ちは整っているので、若い頃はそれなりに美人だったかもしれない。

気取りのない性格で、小中と同窓生だった都久音たちの母親とは、互いの家業を「石売り屋」「串刺し屋」と口悪く呼び合っている。ちなみに蔑称的な意味で「〜屋」と呼ぶのは差別用語に当たるらしいが、本人たちはまったく気にしていない。――それにしても串刺し屋って、連続猟奇殺人鬼のニックネームじゃないんだから。

神山は靴脱ぎに置いてあったヒールの高い靴を履いて立ち上がると、じろじろと姉のことを舐め回すように見つめた。

「アンタが多美枝の長女か。もう二十代も半ばになるんだっけ？　なるほど。こりゃ確かに、アンタに美人局は無理だわ」

歯に衣《きぬ》着せず言う。宝石店のオーナーというともう少し上品な言葉遣いのイメージがあるが、彼女の口ぶりは下町の商売人のそれに近い。

姉が憮然《ぶぜん》とした面持ちで答える。

「美人じゃなくてすみませんでした」

「顔の造りがどうのってより、色気がね……。でもまあ、いいじゃないか。まっとうに育った顔相をしてるよ。アンタはそのまま育ちな」

フォローなのか何なのか。神山に気安げに二の腕を叩かれ、姉は複雑そうな表情をする。

「男に縁遠いってんなら、今度うちに来な。これでも占いの心得があるからね、恋愛運でも占ってやるよ――それじゃあ、加代子さん。アタシはもう帰るから。これ、書き込んだ伝票。送料別でいいんで、配達は運送業者の宅配で頼むよ」

「あいよ。悪いねえ。病気でもないのに寝こんでる不精もんに、わざわざ見舞いにまで来てもらって」

「何が。不精どころかあの人、手ェ怪我してるし、腰までやっちまってるじゃないか」

「なんのなんの。怪我なんて指先をガラスでちょいと切ったくらいなもんだし、あのギックリ腰も事故の前から。先週の配達のときに痛めて、もうそれからは落ちた物を拾うのにも大騒ぎでね。そんなんであの人は、ここんとこずっとレジに座って招き猫」

「そりゃあまた、ずいぶん愛想の悪い招き猫だね」

まったくねえ、と加代子は明るい声でゲラゲラ笑う。その拍子に受け取った伝票を床に落とし、気付いた都久音が拾って渡した。あらありがとう、と加代子は笑顔で受け取る。

出口に向かっていた神山がちらりと都久音たちを振り返り、言った。

「アンタら、ここで買い物かい。だったら見舞金代わりにたんまり買ってやりな。お布施だと思って、多少ふっかけられても文句言うんじゃないよ」

「なんのなんの。店がこんなときにわざわざ来てくれたんだ。特売セールだよ。とびきり安くしておくよ」

「……商売下手だねえ」

そんな捨て台詞《ぜりふ》を残し、神山が店を出ていく。その背中を送り出すように、柱の古時計が午後一時の鐘を鳴らした。

「袴田のおじちゃん、元気なかったね」

大きな米袋を抱えつつ、桃が言う。

「まあ、大事なお店があんなことになっちゃったんじゃね」

ガードレールにゴンゴン買い物袋をぶつけながら、佐々美が答える。

「まさか、このままお店辞めたりしないよね？」

「どうかなあ。お店の中は無事でも、さすがに外側は修理しなきゃいけないだろうし。修理代、結構かかるんじゃないかな」

「袴田商店」は老舗だけあって建物が古く、確か数年前にも耐震工事などを行ったばかりだ。細々とした商売の中では、その修繕費用だけでも痛手だろう。

あれから都久音たちは店主の久光《ひさみつ》も見舞ったが、店主は歓迎してくれたものの布団から出る気力もない様子で、事故について訊くのはいささか躊躇《ためら》われた。もっとも事故当時、久光自身は店内から一歩も出られなかったという。事故の衝撃で自動ドアが壊れ、店内に閉じ込められてしまったというのだ。

「でも結局、袴田さんは人影なんて目撃していないんでしょう？」佐々美が考え込みつつ言う。

「ってことは、やっぱり助手席には誰もいなかったんじゃない？」

「男の子の見間違いってこと？」桃が首を捻る。「でも、おじちゃんは最初から現場を見ていたわけじゃないよ。事故の瞬間は奥の部屋にいたし。おじちゃんが衝突音を聞いて、部屋から出てくるまでの間に逃げられた、って考えるほうが自然だと思うけど……」

都久音も考え込む。男の子が人影を目撃したのが「事故の直後」なら、桃の言う通りだろう。もしただ、加代子の話によれば、男の子は事故を目撃する前にも一度あの店の前を通っている。もし男の子が事故の音を聞きつけて戻ってきたというなら、目撃したのは事故が起こった少しあとになるはずだ。だとすれば、そのときはもう主人は店内にいたかもしれない。

「――ちょっと」

物思いに沈んでいると、急に横から声をかけられた。

顔を向ける。店から坂を下って一分もしないところにあるバス停のベンチに、年配の婦人がタバコを吸いつつ座っていた。神山さんだ。このあたりは路上喫煙禁止区域ではないので別に問題はないが、普通にガラが悪い。

「あ……どうも」

佐々美が天敵にでも遭遇したような顔で、形ばかり頭を下げる。

神山はツンと顎を上げると、フーッと鼻から二本の煙を吹いた。

「いきなり声を掛けてすまないね。今、帰る途中かい？」

「え？　あ、はい。……神山さんは？」

「アタシもさ。この歳で坂道もしんどいから、バスに乗って帰ろうと思ったんだけどね。乗り遅れちまって」

都久音はちらりとバスの時刻表を見た。交通量の乏しい坂なので本数は少ないが、それでも午後一時十分に一本ある。彼女が店を出たのは確か午後一時の鐘が鳴ったときだったから、充分間に合ったはずだが……わざと見送って、ここで自分たちを待っていたのだろうか？

「それで別に、聞き耳を立てていたってわけじゃないんだけどね。アンタらの話し声が聞こえちまったもんで。アンタら、アレかい。調べてんのかい、事故のこと？」

「え？　あ、はい」

「どうして?」

「え、その……周りに騒がれて迷惑というか……うちの店の名誉にも関わることなので……」

「やめときな」

神山はぴしゃりと姉の反論を遮ると、携帯用灰皿に吸い殻を放り込む。

「そんなもん、気にするだけ無駄だよ。ほっときゃいいのさ。人の噂も七十五日ってね」

「でも――」

「それにね。これはまあ一般論ってやつだけど、世の中ってのは見かけ以上に複雑でね。表と裏の連中が、お互い持ちつ持たれつ、薄皮一枚挟んで騙《だま》し騙し暮らしてんのさ。

そんなごった煮の世の中だから、どこかにきな臭い匂いを感じても、わざわざ匂いの出所を探して嗅ぎ回る必要なんてありゃしない。そんときゃぴしゃりと窓を閉めて、その匂いがこっちに入ってこないようにすりゃあいいのさ」

都久音たちはキョトンとする。おもむろに神山が立ち上がったので振り返ると、ちょうどバスが坂道を上ってくるところだった。チカチカとウィンカーが瞬き、バスが幅を寄せて停車する。

神山はプシューと開いたドアに向かいつつ、姉妹とすれ違いざまに言った。

「いいかい。素人があまり余計なことに首を突っ込むんじゃないよ。全部警察にまかせときゃいい、こんなときのために税金払ってんだから。実家の店の風評が心配ってなら、アンタらが看板娘でもやってやりな」

その晩、内山家三姉妹は「ラーメン藤崎」にいた。新作の試食を頼まれたので、それを食べつつ話し合おうということになったのだ。ちなみに両親から外食の許可は取得済みで、両親は店の賄いか姉が昼に作ったチャーハンの残りを食べているはずなので、特に問題はない。

「で、どうよ。都久音ちゃん。今度の新作の味は？」

「うん」

都久音はカウンター越しに話しかけてくる藤崎に空返事をしつつ、隣でラーメンをすする姉に問いかける。

「ねえ、お姉ちゃん。やっぱり今日の神山さん、なんか変だったよね？」

「そう？　あの人はいつもあんな感じじゃない？」

はふはふと、美味しそうに姉がチャーシューを頬張る。

「ううん。絶対変だよ。何か知ってて隠してるって感じで——桃。ちょっとそこのお酢とって」

「はい」

「あれ？　もうそこで味変《あじへん》しちゃう？」

カウンターの向こうから、藤崎が心配そうに覗き込んだ。

「神山さんが、小野さんの事故に何か関係してるってこと？」

「関係というか、まさに当事者だったんじゃない？　助手席に座ってたのは、実は神山さんだったとか」

「なんで小野さんの車に、神山さんが同乗してるのよ」

「不倫……にはならないか。神山さん独身だし」

「うわ。その想像はさすがにちょっときついわ」

姉がゲホッとむせて食べかけのチャーシューを吐き出す。一方で妹の反応はと見ると、桃は虚《うつ》ろな顔でラーメンを一本ずつすすりつつ、じっと宙の一点を見つめていた。何か考えに集中しているらしい。ややあって、重たげに口を開く。

「ねえ、都久姉ちゃんに佐々姉ちゃん……私、今すごくコートームケーなこと思いついちゃったんだけど」

コートームケー？　一瞬頭の中で漢字変換できなかった。ああ、「荒唐無稽」か。

「どんなこと？」

「この事故って、やっぱり神山さんが関係してるのかも」

「どんなふうに？」

「シキンセンジョウ」

シーチキン戦場？　今度は本当に漢字変換できなかった。頭の中に、シーチキンの缶詰が激しくぶつかり合って火花を散らす光景が浮かぶ。

「サラダチキンがどうしたって？」姉がもはや難聴の疑いがあるレベルで訊き返す。

「チキンじゃなくて、し・き・ん。お金のこと。ほら、犯罪とかで手に入れた表に出せないお金を、ちゃんとした取引のお金に見せかけることを資金洗浄とかマネーロンダリングとか言うじゃん。うちの店にあった『クロサギ』、読んでないの？」

やはり知識の出所は漫画らしい。

「『クロサギ』なら、うちにもあるぜ。新旧全シリーズ」

藤崎さんが誇らしげに自分の店の漫画棚を指差す。都久音は微笑んで受け流した。

「犯罪で手に入れたお金って……神山さんが、いったい何の犯罪をしてるって言うの？」

「最近噂になってるじゃん。外国人窃盗グループ」

「え？　神山さんが外国人窃盗グループの一味？　まさか」

「そうじゃなくて、神山さんが、窃盗グループ相手に商売してるんじゃないかってこと。空き巣って、ただ物を盗んだだけじゃだめだよね。それを売ってお金にしないと。神山さんの店が、その換金場所になっているんだとすれば……」

都久音は黙ってスープに浮かぶ油を見つめた。そんなバカな――と一概に笑い飛ばせないのは、都久音自身、庶民的な商店街に似合わないあんな高級宝石店が、どうやって経営を成り立たせているのか常々疑問だったからだ。裏で本当にそんな商売をしていたとしても、あながち驚きとは言えない。

佐々美が箸の先で、分離したスープの油を寄せ集める。

「それってつまり……神山さんが、店で盗品を扱っているってこと？　いくらなんでも、そんな……」

「だから荒唐無稽って言ったじゃん。でも、もしそんな感じでこの事故に窃盗グループが絡んでたんだとすれば、小野さんが殺された理由も説明つくよ」

「小野さんがどう関係するの？」

「だって小野さん、不動産会社の社員じゃん。だから物件回りをしてる最中に、盗みの現場を目撃してしまったとか――ううん、違うな。きっと小野さんも窃盗グループに手を貸してたんだよ。不動産会社なら、この地域の住民の個人情報とか簡単に手に入るでしょ。地主さんとか、金持ち

のお客さんも多いだろうし。それで情報を流していたけど、途中で怖くなって手を引こうとした
とかなんとかで揉めて、口封じで事故に見せかけて殺された」

「なんで小野さんがそんな犯罪に手を貸すの？」

「理由は色々考えられるけど、まあ一番ありきたりな動機は、お金かな。小野さん、最近お金に困ってたりしなかった？」

そこで姉が剝製のように固まった。箸の間から、歯形の付いたチャーシューがスープにぽちゃんと零《こぼ》れ落ちる。

「そういえば小野さん、同僚の人からお金借りてるって聞いた……」

桃がパチンと指を鳴らす。

「ビンゴだ！」

そう一声叫ぶと、急に食欲を取り戻したように丼《どんぶり》を摑《つか》み、麺をズルルッと勢いよく吸い込み始めた。

「これで良太くんが逃げた理由もわかった。きっと良太くんは、窃盗グループの誰かに脅されていたんだよ。余計なことをしゃべるなって。それで私たちに訊かれて、しゃべってしまうのが怖くて逃げた——そうだ。きっとそうに違いないよ」

ズゾー、ズゾーと、気持ちがいい勢いで麺が消えていく。一方で都久音は半信半疑だった。ずいぶん大胆な推理だけど、はたしてそんなことがありえるだろうか。また仮にそれが真相だったとして、そんな恐ろしい事件に自分たちはどう対処したらいいのだろう。

「あのさ、御三方……」

会話が途絶えているところへ、おずおずと藤崎さんが声をかけてきた。

「話は終わったかな？　だったらそろそろ、味の感想を聞きたいんだけど……」

都久音たちは顔を見合わせた。視線で譲り合った上で、都久音が最初に口を開く。

「えっと……正直に言っていいですか？」

「どうぞ」

藤崎がごくりと喉を鳴らす。

「その……煮干しの味が、ちょっと……」

「苦いっていうか……」

「エグい？」

やはり姉妹も同じ意見だった。これは血の濃さのみならず、育った食環境の影響も大きいかもしれない。

藤崎はがっくりと肩を落とした。

「そうかあ。若い子にはやっぱり受けねえか。いやさ、蕎麦《そば》屋でかえしの作り方を学ぼうとしたんだが、『長寿庵《ちょうじゅあん》』の爺《じい》さん、『門外不出だ』とか言って教えてくれなくてよ。それで和風ラーメンは諦めて、煮干し醬油ラーメンに転向したんだけど……。

やっぱり、煮干しの内臓《ワタ》は取ったほうがいいんだろうなぁ。でもあれやると指が痛くってさ。毎回やるのも面倒くせえし……」

そういう部分こそ手を抜いてはいけないのではないだろうか。都久音は何となくこの店が流行《はや》らない理由がわかった気がした。やがて佐々美が律儀に丼をカウンターの上に戻し、申し訳なさそうに言う。

「ごちそうさま。チャーシューは美味しかったです」

その直後、姉が突然「いてて」と脇腹を押さえて身をよじらせた。え、食当たり？　一瞬焦るが、どうやらそういうわけではなく、単に今の動作で筋肉がつったらしい。

「え、嘘。ラーメンの丼を持ち上げただけで？」

桃が珍獣でも見るような顔をする。姉は痛みに眉根を寄せながら、えへへと照れ笑いを浮かべた。

「昼間に走ったから、筋肉痛で……。でも半日で筋肉痛が出るのって、まだ若い証拠よね」

どこまでも自分に優しかった。これもプラス思考と言えるだろうか。姉といい目の前の店主といい、自分の周りにはあまり見習いたい大人がいないなあ――。

と、そこで、急に頭に火花が走った。

「――ああっ！」

思わず声を出して立ち上がる。ほかの面々が、三者三様な驚き顔で都久音を見つめた。

「どしたん、都久姉ちゃん？」

桃が訊ねる。その問いに都久音はすぐには答えず、まず店主の指を見て、それから痛そうに腰に手をやる姉の様子を見やる。――うん、そうだ。やっぱり変だ。

「一つ、謎が解けたかも」

「謎？　何の？」

「消えた助手席の人の謎。もしかしたら、その助手席側に見えた人というのは――」

5

床の間に掛けられた掛け軸で、菩薩《ぼさつ》様が優しく微笑んでいた。

銀波寺の御本尊と同じ、十一面観音菩薩。聖天様——歓喜天はもともと、象の頭をしたガネーシャというインドの神様から来たと言われる。それが日本に来てこの十一面観音菩薩のほうが本当の仏で、象のほうは仏が化身した仮の姿ということになり——本地仏《ほんじぶつ》、と呼ぶらしい——象顔よりも女人《にょにん》顔の菩薩様のほうが日本人の感性に合うとか、はたまた直接歓喜天の尊像を飾るのは畏《おそ》れ多いとかで、地元ではこちらの観音菩薩像のほうを祀っている家庭が多い。

「——そうだよ、都久音ちゃん」

布団から身を起こして掛け軸を眺めていた老齢の男性が、やがて寂しげな微笑を浮かべて言った。

「俺だよ。その小学生の子……良太くんが、目撃した人影ってのは」

「袴田商店」の店主、袴田久光さん。

都久音が睨んだ通りだった。あれから都久音は姉妹に自分の推理を説明し、翌日の日曜、早速真相を確かめに「袴田商店」に赴いた。奥さんの加代子さんは用事で不在だったが、むしろそのほうが都合がよく、姉妹は準備中の札が掛かった店に半ば強引に押しかけると、寝ている店主にとある矛盾を指摘して告白を引き出したのだった。

「しかし驚いたよ。まさかこんなもんで、全部バレちまうとはな」

絆創膏《ばんそうこう》を貼った自分の人差し指を見つめて、久光は苦笑して言う。

「おかしいな、と思ったんです」

都久音は浮かない表情で答える。

「だって、おじさんはガラスで指を切ったって言ってたのに、店内にガラスは飛び散っていなかったから。窓際の床には落ちてたけど、おじさんは腰を痛めていたから拾えないだろうし――ならおじさんは、いったいどこで指を切ったんだろうって考えて。それでもしかしたら、割れたガラスのところから外に出ようとしたときに、傷つけたんじゃないかって思ったんです」

都久音が謎の人影は久光だと気付いた理由。それはその指の怪我とギックリ腰だ。

久光は周囲に、割れたガラスで指を切ったと説明していた。しかしロールスクリーンのおかげで店内にあまりガラスの破片は広がっておらず、窓際の床に多少散乱していただけ。店主はギックリ腰で落ちた物もろくに拾えない状態だったので、そちらに触るはずもない。

「入り口の自動ドアは開かなかったそうですけど、車が衝突して壊れた正面のガラス部分からなら、出入りできますよね。つまりおじさんは、あのとき完全に店に閉じ込められていたわけじゃなくて、出ようと思えば外に出られた状態だったわけです。

そしてその指の怪我が示す通り、実際におじさんは事故直後に割れたガラス部分から外に出て、事故車の様子を確かめた。そのとき、一度助手席側から車を覗き込んだところを、あの小学生の男の子に目撃されたんです」

それが謎の人影事件の真相だった。やはり事故の瞬間から男の子が人影を目撃するまでには、多少のタイムラグがあったのだろう。その間に久光は事故車に近づき、中を確認していた。通報以外何もできなかったというのは嘘で、事故後すぐに車の様子を見に行っていたのだ。

久光は特に異を唱えなかった。その沈黙を肯定と受けとめ、都久音は質問を続ける。

「でも……何でそのことを、警察に隠したんですか？」

そこが一点、理解できない部分だった。交通事故に居合わせた人間が、怪我人の様子を確かめようとするのは普通のことだ。悪いことでも何でもない。

久光が分厚い掌《てのひら》で顔を拭い、深い溜息を吐く。

「あれは……なんていうか、気が動転しちまってよ……」

「気が動転？　どうして？」

都久音は首を傾げる。

「運転手が亡くなっていたからですか？　自分の店の前で、突然死亡事故なんて起きてしまったから……？」

しばらく静寂があった。やがて久光は両手で顔を覆うと、背中を丸めて小さく震え始める。

「すまねぇ。俺はあの運転手を、あんな目にあわす気はなかったんだ。本当にすまねえことをした。俺の勝手で、まだあんな若え男を惨《むご》い目に……」

俺の勝手で？　困惑する都久音の隣で、佐々美が「まるで事故が起きることを、初めから知ってたみたいね」とぼそりと呟く。都久音の眉根はますます寄った。しばらく当惑顔でいたが、畳を膝で擦って久光に近づき、下から覗き込むようにして問いかける。

「事情を詳しく、教えてくれませんか？」

店主はすぐには答えない。観音菩薩が微笑んで見守る八畳間に、悲嘆に暮れた老人のすすり泣きがしばらく続く。

それから店主は震える声で、事情をぽつりぽつり語りだした。それによると、どうやらこの事故自体が久光の企《たくら》んだものらしい。

まず事故を起こした目的は、保険金。

と言っても、狙いは車両保険や生命保険など、車を運転していた小野側の保険金ではない。店主が自分の店舗に掛けた火災保険だ。一般に火災保険は火事だけではなく、強風や交通事故などによる損害も補償の対象になるらしい。その火災保険で下りる補償金目当てに、店主は人を介して小野に車を店に突っ込ませるよう依頼したのだ。

いわばこれは加害者側が起こしたのではなく、被害者側が起こさせた事故だったというわけだ。小野は小野で、この依頼を受けざるを得ない事情があったらしい。理由はやはり借金だったという。それでどうせ事故を起こすならと、やけっぱちになって焼き鳥を食べつつ店舗に突っ込んだ——というのがどうやら事の経緯のようだ（さすがに飲酒運転では罪が重くなりすぎるので、ビールはノンアルコールだろうというのが久光の意見だったが）。

だが皮肉にも、その焼き鳥こそが彼の命運を分けた。当人も、まさか衝撃で膨らんだエアバッグが喉に串を打ち込むとは想像もしていなかったに違いない。あれこそが本当に誰一人意図していなかった、正真正銘の事故だったのだ。

「でもどうして、そんなにしてまでお金を……やっぱり経営が苦しかったんですか？」

「なあに。おかげさまで、年寄り二人が食ってけるくらいは何とか稼げてたよ。ただなあ……そろそろこの店も、畳みたくってよ」

「え？　『袴田商店』をですか？」

「『串真佐』さんには悪いが、もう俺らも体があちこち限界でよ。うちのやつとも、今年あたりが潮時かねって話をしてたんだ。ただ耐震工事だのなんだので、銀行にまだ結構な借金が残っちまっててな。店を閉めんなら、そっちも清算しなきゃなんねえ。それで……」

早まった真似をした――ということか。

「……せめて借金を返すまで、頑張るわけにはいかなかったんですか？」

「まあなあ。売り上げは生活費とトントンってとこだしよ。それにな、都久音ちゃん。実はうちのあいつ――最近、病院に通っててよ」

「え？」都久音は眉をひそめる。「もしかして、奥さんに何か病気が？」

「いや。体は問題ねえんだが、頭がな……。認知症ってほどでもねえんだが」

久光はそう言って、寂しげな微笑を見せる。

「ここんとこ、目に見えて下らねえチョンボをやらかすようになってきてよ。客商売だから、笑って済ますってわけにもいかねえだろ。釣り銭やら配達先の住所やら、あちこち間違いを注意されて、ぺこぺこ頭を下げるあいつを見てたら、どうにも遣《や》り切れねえ気持ちになっちまってな。

そんなとき、日頃世話になっているある人から、このやり方を聞いたんだ。その人は保険会社に顔が利くから、言う通りにすりゃあ全部丸く収めてやるって言われてよ。これなら店の借金も返して釣りがくるし、お得意さんにも辞める言い訳も立つだろうって……」

店主が指で目頭を押さえ、しばし沈黙する。

「けどよ、都久音ちゃん。俺だって、最初はきっぱり断ったよ。そんなご先祖の顔に泥を塗るような真似、間違ってもできねえってな。でもな……ほら、この通り」

腰に当てた湿布を見せる。

「俺、先週の配達のときに腰をやっちまっただろ。それで急に怖くなっちまってよ。俺だって、いつ倒れて動けなくなるかわからねえ、そんときに後悔しても遅い。手を打つなら今のうちだって——そう思ったら、居ても立ってもいられなくなっちまって。ついあの人に、電話を——」

そこで久光はハッと言葉を止める。余計な事をしゃべりすぎてしまったと言わんばかりに、気まずそうに口を閉ざした。

「……その相手が、神山さん？」

「違う」

すると店主は激しく首を振った。

「神山さんは関係ねえ。彼女はただ事情を知ってるってだけで、今回のことには絡んでねえんだ」

「神山さんじゃなかったんですか。なら、いったい誰が——」

「すまねえ、都久音ちゃん。そいつだけは勘弁してくれ。それだけは、口が裂けても言えねえんだ」

店主は両手を合わせると、必死に拝み倒すように頭を下げる。

「俺はバカだから、つい何も考えずにしゃべりすぎちまった。こんな話、都久音ちゃんたちに聞かせちゃいけねえんだった。俺も忘れるから、都久音ちゃんたちもどうか今の話は忘れてくれ」

姉妹は顔を見合わせた。

「でも、じゃあ……私たち、どうしたらいいんでしょうか」

「どうもしなくていいよ」

久光は手を下ろすと、憑《つ》き物が落ちたような微笑を向けた。

「俺が警察に自首するよ。正直なとこ、もう気持ちがだいぶ参ってたんだ。眠るたび、あの若《わ》え男《け》の死に顔が夢に出てきてよ。本当にひでえ死に様だよなあ。焼き鳥の串を喉にぶっ刺して死ぬなんて。商売道具をそんな縁起でもねえことに使わせちまって、『串真佐』さんにも申し訳ないよ。本当に俺は、良くないことをしちまったよ……」

店主が布団から這い出る。姉妹の手助けを断って自力で立ち上がると、腰を押さえつつ隣の仏間に向かった。仏壇にある金色の十一面観音菩薩像に向かって手を合わせつつ、久光は安らかと言ってもいい口調で言う。

「やっぱり、聖天様は見てんだ。今日こうして都久音ちゃんたちが来てくれたのも、聖天様のお使いかもしれねえな。ありがとな、都久音ちゃん――おかげで俺も、踏ん切りがついたよ」


「袴田商店」を訪問した帰り、都久音たちは佐々美の提案で銀波寺にお参りをした。

厄落としのつもりだった。風格ある寺門と見事な銀杏《いちょう》並木に囲まれた境内は、今日もそれなりの参拝客で賑わっている。日曜の午後なので人出が多く、最近はアジア系の外国人観光客も目立つようだ。

「……結局、誰が悪かったんだろう」

本堂の行列に並んで参拝の順番を待ちながら、都久音はついぽつりと呟いた。

「銀行じゃないの？」

玉砂利に集まる鳩《はと》たちを足音で脅しながら、桃があっさり答える。

「だって袴田のおじちゃん、銀行に借金を返すためにあんなことしちゃったんでしょ。レイサイキギョウから無理やり借金を取り立てる銀行が悪者なんだよ」

そうなのだろうか。都久音はやや混乱した。まあ見方によっては確かに、銀行融資という経済システムが引き起こした悲劇と言えるのかもしれないが。

「別に今回は、無理やり取り立てたってわけじゃないでしょ」佐々美がしんみりした口調で言う。「お店を急に辞めたいっていうのは、袴田さんのほうの都合だったんだから。誰が悪かったかといえば、そうね……まあ、みんながちょっとずつ、悪かったんじゃないかな。袴田さんにそんな話をそそのかした人も悪いし、その話に乗った袴田さんも悪いし、依頼を受けた小野さんにも問題があったし。ただ、今回のことで一番ショックを受けるのは、間違いなく奥さんの加代子さん。袴田さんが奥さんのためを思ってやったことが、結局一番悲しませてしまうなんて……皮肉だね」

そうなのだ。

今回、店主が奥さんに向けた優しさは本物だった。

ただその優しさの歯車の軸がほんの少しだけずれて、質《たち》の悪い歯車と噛み合ってしまった。今回の事件はそんな印象がある。そのことが、都久音には何だかとても怖い気がした。悪いことをする人が悪人とは限らないし、善いことをする人が善人とも限らない。そもそも悪いことと善いことの区別なんて、この世界にはないのかもしれない。

表と裏は薄皮一枚――そんな神山の言葉が、ずしんと心に重石《おもし》のようにのしかかる。

「……何よ、桃」

佐々美の声に顔を上げると、妹があんぐりと口を開けて姉を見ていた。

「いや……佐々姉ちゃんにしては、まともなことを言うなあと思って」

「私はいつもまともでしょ」

「ええと、その――でも、その袴田のおじちゃんに話をそそのかした人って、誰だろうね。なんかこの事件、まだ裏に何かありそうなんだよなあ。小野さんが焼き鳥を食べている途中で店に突っ込んだ、っていうのも変といえば変だし。普通そういうのって、食べ終わってからにしない？」

「そうね……言われてみれば、あの目撃者の男の子が突然逃げたのも、謎だわ」

それはもしかして、後ろにいた姉が不審者に見えたからでは、とふと思ったが、口には出さなかった。ただ桃の言う通り、なんだかモヤモヤしたものが残るのも事実だ。てっきりその「そそのかした人物」こそ、神山のことかと思っていたが――一見平和な商店街に潜む不穏な影のようなものに、都久音は得体の知れない不気味さを覚える。

パン、と佐々美が突然両手を打ち鳴らした。

「はい。じゃあ、もうこの話はお終《しま》い。袴田さんが言った通りひとまず裏事情は忘れて、あとは私らにできることをやろ。きっと加代子さん、これからいろいろ大変だろうから。出来る限り、加代子さんを支えてあげようよ」

「「うん」」

その一言で日常に戻った。やがて参拝の順番が巡り、姉妹はバラバラに賽銭箱《さいせんばこ》に小銭を投げ入れ、手を合わせる。願い事はしない、ただ感謝するだけ――そんな母親の忠告を思い出しつつも、都久音は袴田夫妻の穏やかな老後を、ひっそりと願った。

「やっぱり都久音って、焼き鳥のつくねだったんだ」

「うん……」

友人二人を前に、都久音はやや後ろめたい思いで項垂《うなだ》れる。

目の前には、タレと塩で二分した焼き鳥盛り合わせの大皿があった。ランチタイムの女子校の教室——ではなく、放課後に二人を連れてやってきた、実家の串焼き店。平日の飲み屋に制服姿の女子高生がいるのが珍しいのか、ハッピーアワーで一人来店しているジャンパー姿のおじさんが、ビールのジョッキ片手に物珍しそうにちらちらこちらを見ていた。

万穂が怪訝そうに言う。

「でもじゃあ、なんで最初にあんな説明をしたの？　都久音のツクが、日本神話のツクヨミから来てるだなんて」

「そ、それは！」

途端に耳まで赤くなる。あの話、いつになったら忘れてくれるんだろう。視線がつい手元の烏龍茶のジョッキに向いた。これで殴ったら、万穂の記憶も飛ぶかな。

「うわっ、何このつくね。メチャクチャ旨《うま》い！」

そんな物騒な誘惑に駆られていると、突然歓声が上がった。梓が苦手なはずのつくねの串を顔の前に掲げ、目を白黒させている。

「え、嘘」

つられたように万穂もつくねの串に手を伸ばし、一口かじった。途端に目を丸くし、手で口元を覆う。

「うわ。本当に美味しい」

「ねー！　味もいいけど、とにかく食感が最高。豆腐かよ、ってくらいふっわふわ。こんなん初めて食べたわ。鶏肉のマシュマロか」

「つなぎが違うのかな。鶏団子というより、上品な海老《えび》しんじょうって感じ」

「正直つくねは苦手だから、義務感で手を出しただけだったんだけどさ。いやー、これは私の中でつくねの定義が変わったわ。つくね革命だわ。味覚の女神が串の旗立てて民衆を導くわ」

グルメレポーターになれるぐらい独創的な表現だった。つくねの衝撃が食欲をかき立てたのか、二人の手が次々と皿に伸びる。どうやら実家の味は気に入ってもらえたようだ。地味に嬉しい。

「……わかった」

パリッと焦げた皮塩を手に何やら考え込んでいた万穂が、急にジロリとこちらを睨んだ。

「なんで都久音が、私たちに名前の由来を話さなかったか」

「あ……えっと、それは……」

「だって、実家がこんな焼き鳥の名店なんだもん。バレたら私たちにたかられると思ったんでしょう？」

——えぇ？　驚愕《きょうがく》の推理である。万穂は頭の出来は良さそうなのだが、人としての考え方が若干ひねくれているというか、何というか。よほど人間不信になる環境で育ったのか。

梓がショックを受けた顔をした。

「えー、それ本当？　まあ、うちらのガラが悪いからかもしれないけどさ。でも都久音にそんなふうに思われてたのって、ちょっと傷つくなあ――」

「ち、違う！」

しどろもどろになりつつ、都久音は慌てて理由を説明する。最初はいかめしかった二人の表情が、話すにつれだんだんと奇妙な味わいに変わっていった。話し終えると、二人は餌を待つツバメの子のようにお揃いでぱかりと口を開く。

ややあって、万穂が微妙に視線を逸《そ》らしつつ言った。

「えっと……ごめん。思ったこと、素直に言っていい？」

「う、うん――どうぞ」

「すごい、どうでもいい」

砂漠の風ぐらい乾いた声だった。

「びっくりするくらい、下らない理由だった。アホらしくて死ぬかと思った。なんやそれ、って一瞬関西弁になりかけた」

「だ、だよね……」

想像以上に手厳しかった。そこまで侮蔑されるほどの罪だっただろうか。

「まあまあ、万穂。お手柔らかに。周りには心底どうでもいいことでも、本人にとってはすごく重要なことってあるじゃん」

「それは、まあ……」

万穂は語尾を濁しつつ、皮塩を咥える。もぐもぐと鶏皮を噛み、途中でまた驚いたように口を押さえた。

「皮もすごく美味しいね。……でもじゃあ、どうして都久音は、今回打ち明けようと思ったの？　別に事件の説明だけなら、私たちを実家まで呼ばなくてもいいでしょ」

「それはやっぱり、聖天様が……」

「聖天様？」

「う、ううん。なんでもない」

笑顔で誤魔化した。考えてみれば、聖天様は誰もが知っている神様というわけでもない。一度にあれこれ明かしても混乱を招くだけだ。情報は小出しにしていこう。

ただ——都久音には一つ、今回の事件で強く心に感じたことがある。

やっぱり、自分を偽るのは良くない。

袴田のご主人も、本心ではあんなやり方は望んでいなかった。ただ奥さんのことや自分の行く末を不安に思うあまり、自分の正直な気持ちに嘘をつき、犯罪に手を染めてしまった。その嘘が雪だるま式に悪いものを呼び込んで、最後には取り返しのつかない事態にまで発展してしまった。

何が良くて何が悪いのかわからない世の中だからこそ、その選択に後悔しないよう、自分の心には正直でありたい。——そう。聖天様はいつだってあの空から見ているのだ。

梓がまた一本、食べ終えた串を串入れに投げ込んだ。

「まあそれはともかく、さ。都久音んちの焼き鳥、私すごく気に入っちゃった。これからもちょくちょく店に来ていい？　あ、もちろん客としてお金は払うけど」

「私も。なんなら毎晩夕食をここで食べたいぐらい。うちの近くにあればいいのに」

都久音はつい微笑む。そうだ。実直なうちの両親が作るものに、嘘偽りはない。うちの焼き鳥は、間違いなく美味しい。

だからきっと——自分たちが胸を張って誇れる間違いないものを、娘たちの名前につけた。

「もちろん。いつでも来てよ」

第二話

だから都久音は押し付けない

1

台所から、すすり泣きが聞こえた。

都久音《つくね》はぎょっとして足を止める。暖簾《のれん》の隙間から覗《のぞ》くと、姉の佐々美《ささみ》が、青白い蛍光灯の下でグスグスと泣きながらジャバジャバ何かを洗っている。

ホラー映画のように怖い。高校から帰宅したばかりの都久音は、カバンを持ったままその場に立ち尽くした。何かあったのだろうか。身内としては、どうしたの、と優しく声をかけてあげるべきなのだろうが——純粋に不気味なので、そもそもあまり近づきたくない。

遠くから観察して、思わず目を見開いた。

姉が洗っているのは食器ではなかった。ところどころ先端の焼け焦げた、大量の使用済み竹串だ。

「何……してるの？」

たまらず訊《き》いた。佐々美はこちらを振り向きもせずに、ぞわっと肌が粟立《あわだ》つようなかすれ声で答える。

「……洗ってる」

「何を？」

「焼き鳥の、串」

「なんで？」

「汚いから」

その言い方に再びぞくりとした。本当にどうしてしまったのだろう。ちなみに都久音の実家の店「串真佐《くしまさ》」は、居酒屋形式の焼き鳥店だ。そのため竹串ならいくらでも手に入るが、使用済みの竹串は普通にゴミに出すだけで、わざわざ洗ったりはしない。

そういえば派遣社員だった姉は、最近とあるトラブルで仕事を辞め、無職で情緒不安定な状態が続いていた。ついに、心が壊れてしまったか――。

と、そこに、割烹《かっぽう》着姿《ぎ》の母親が、「トイレ、トイレ」と慌ただしく店舗のほうからやってきた。都久音が呼び止める間もなくトイレに飛び込み、やや間を置いてジャーッと水洗の音を響かせる。

ドアが開き、母親がすっきりした顔で出てきたところで、すがりついた。

「お母さん。お姉ちゃんが……」

母親はいつもの調子で「あら、おかえり。都久音」と言ったあと、都久音が指さす方向を見て、「ああ」と頷《うなず》く。

暖簾を掻《か》き分け、中に声を掛けた。

「終わったかい、佐々美」

「……まだ」

「適当でいいよ。もともとそのままでいい、って言われてるから」

「うん。わかった」

短く会話してから、母親は「ああ忙しい忙しい」とぼやきつつ、また店に戻っていく。――

どういうこと？　一人蚊帳《かや》の外の都久音は訳がわからず、ただじっと姉の背中を見守るしかない。

「……詩緒《しお》ちゃんって、いるでしょう」

ようやく、佐々美が語り出した。

「ぎんなみ商店街で楽器店をやっている、長谷川《はせがわ》さんところの。詩緒ちゃん、もう中学生なんだけど、今度学校の課題で、廃材を利用したリサイクル作品を作るんだって。それでうちから出るゴミの竹串を分けてほしい、って頼んできたから、一応洗って渡すことにしたの」

なんだ、そういうこと。事情がわかって心底ほっとする。ちなみに「詩緒ちゃん」というのは、都久音も昔から知っている、同じ商店街の二歳年下の子だ。色白の可愛《かわい》い女の子で、母娘《おやこ》でよく実家の店にも買いに来る。シングルマザーの家庭で、経営する「エンジェル楽器」は昭和の中頃から続く楽器店だが、やはり昨今の少子化や量販店などの影響で売り上げは厳しいらしい。

「でも、なんでわざわざうちの竹串を？」

「ほら、うちの竹串、普通の丸串じゃなくて、少し変わった平串でしょう。その形が詩緒ちゃんの作りたいものにちょうどいいらしいんだけど、これって業務用で、あまり市販してないらしいの。あと課題っていうのが、『浜っ子リサイクルアイディアコンクール』っていう、自治体が主催する市内の中学生を対象にしたイベントで。そのコンクール、ぎんなみ商店街もスポンサーになってるから、学校の方針でなるべく商店街の廃品を利用しましょう、って話になっているみたい」

ふうん、と相槌《あいづち》を打つ。うちの商店街も、地道に活動してるんだなあ。

「竹串を洗っている理由はわかったけど……それでなんで、お姉ちゃんは泣いてるの？」

「だって」佐々美は再びグス、と鼻を鳴らし、「私、もう社会人なのに。ちゃんとした仕事もせずに、平日の昼間から一円にもならないゴミを洗ってるなんて。いったい私、何やってるんだろう、って思ったら、なんかすごい悲しくなっちゃって……」

ああ……。そういう理由……。

「ただいまー！　はあ、お腹空《なかす》いた。昨日の焼き鳥、まだ残ってるー？」

鬱陶《うっとう》しい空気を吹き飛ばすような、元気いっぱいな声が聞こえた。玄関代わりの裏口から、髪をツインテールにしたランドセル姿の女子小学生が、どたどたと勢いよく飛び込んでくる。

三人姉妹の末っ子、桃《もも》。

桃はよほどお腹が空いていたのか、そのまま台所に直行してきた。流しで手を洗おうとしたところで竹串を洗う佐々美を目撃し、硬直する。

「嘘《うそ》」

青ざめた顔で、持っていた給食袋をポトリと取り落とした。

「やだよ、そんなの……。私、産地偽装とか賞味期限のごまかしとか、絶対許せないのに。まさかうちが、食べ終わった串を再利用していた悪徳飲食店だったなんて……」

また厄介な勘違い者が。はなはだ面倒だったが、小利口な末の妹をこのまま放置しておくと社会的に大問題になりそうだったので、都久音は辛抱強く経緯を説明する。

桃は状況を理解すると、拍子抜けした顔を見せた。

「なんだ、そんなこと」

「そんなことって、なに？」佐々美が目を怒らせる。

「いや別に、佐々姉ちゃんのプライドを軽んじてるわけじゃなくて——そんなの、考え方ひとつじゃん」

「考え方？」

「だってその竹串、リサイクルするんでしょ？　リサイクルってことは、エコだよ。環境保全だよ。これからの時代、電気自動車とか再生エネルギーとか、地球の環境をどう守っていくかが大事じゃん。つまり佐々姉ちゃんは、時代の最先端を行っている、ってことだよ」

桃が蛇口をひねり、ジャーッとあまり環境を意識していない水量で手を洗う。

「それにお母さんが言ってたけど、うちみたいな店から出るゴミは『事業ゴミ』って言って、普通のゴミより処分にお金がかかるんだって。それを出さずに済むんだから、佐々姉ちゃんのやってることは一円にもならないどころか、ちゃんと利益を出してるよ。コスト削減だよ」

よく知っているなあ。末の妹は小学五年生にしては知識も豊富で（主な情報源はネットや漫画のようだが）、高校生の都久音でも耳慣れない語彙をよく使う。

最初は訝《いぶか》しげに聞いていた佐々美も、しだいに桃の饒舌《じょうぜつ》さに乗せられてきたようだ。だんだんと表情が明るくなり、ついには目に輝きまで取り戻す。

「そうよね」

佐々美は頷くと、腕まくりして盥《たらい》の中を勢いよくかき回し始めた。

「世の中にいらないものなんて、ない。こんなゴミだって、そのゴミを洗う私だって、きっと何かの役に立ってるんだから——ありがとう、桃。なんか元気出てきた」

「どういたしまして。あ……そうだ、佐々姉ちゃん。元気が出たついでに、ひとつお願いしていい？」

「ん？　なあに？」

「私、このあと、友達とオンライン勉強会する約束があるんだ。だから、今日の夕食当番――お任せしちゃっていい？」

――桃も、ずる賢くなったなあ。

翌日、高校の教室でいつもの友人二人とランチの弁当を広げながら、都久音はふと昨日のことを思い出した。

妹と相部屋なので知っているが、「オンライン勉強会」というのはただの建前で、実態は友達同士がネットを通じてゲームをするだけの集まりである。まあ桃は勉強せずとも成績はいいので、その点は問題ないのだろうが――身内相手とはいえ、あの純粋無垢《じゅんすいむく》だった妹が、あんなふうに人を口先で丸め込むスキルを習得してしまうとは。姉として悲しむべきか、それとも頼もしく成長したと喜ぶべきか。

「あ。都久音、今日は焼き鳥がない」

弁当箱を開けると、向かい側にいた梓《あずさ》が、間髪をいれず叫んだ。

都久音は苦笑する。

「そう毎日は、持ってこないよ。店の売り物を食べるときは、家族でも一応売り上げとして処理しなきゃいけないらしいし」

「ふうん。そうなんだ」

残念そうな顔で、伸ばしかけた手をひっこめる。その箸にキュウリ詰めのちくわが挟まれていたところを見ると、どうやらおかずの交換を目論《もくろ》んでいたらしい。ちくわと焼き鳥一本――交換条件としてどうなのか。梓はずる賢いというより、図々《ずうずう》しい。

「え？　まさか梓、そのキュウリ入りちくわと、都久音の焼き鳥を交換しようとしたの？」

そんな都久音の気持ちを代弁するように、万穂《まほ》が目をすがめつつ、非難がましく言った。

「それって、卑怯《ひきょう》じゃない？」

「卑怯？」梓が傷ついた顔をする。「うちのおかず、そこまで不味《まず》い？」

「じゃなくて。梓、キュウリが苦手じゃない。自分が嫌いなものを、それも黙って人に押し付けようとするのって、フェアじゃないと思う」

「え？　あ、そ、そう？」梓は万穂の異様な剣幕に押されつつ、「いや、都久音は別に、キュウリは嫌いじゃないかなと思って……。でも、そうだね。ごめん、都久音。嫌だった？　うちのキュウリちくわとの交換」

「ううん。ちょっと図々しいな、とは思ったけど」

「やっぱ思ったんだ」

しょげる梓を尻目に、都久音は万穂に目を向ける。朝からどうも、万穂の様子が変だ。始終不機嫌そうな顔で――といっても彼女は普段からクールで、常に愛想のない感じだが――今日は一段と、ピリピリしている。

「……なにかあったの、万穂？」

訊《たず》ねると、万穂はコンビニのサンドイッチの包装を開く手を止め、大きく溜息《ためいき》をついた。

「ごめんなさい。また家族の愚痴になっちゃうんだけど――」

万穂が言うには、高校卒業後の進路について、親と揉《も》めているらしい。万穂は行きたい大学があり、そこに通うため合格したら一人暮らしをしたいと思っている。しかしそんなお金は出せないと、母親が渋っているそうだ。

「でも本心は、お金の問題じゃなくて」

万穂はカリカリと包装フィルムの開け口を引っ掻きつつ、

「一人にされるのが、嫌みたい。うちの母親、ちょっと精神的に弱いところがあるんだ。離婚調停中だし、家事とかもあまりやらない人だから。自分の面倒を見てくれる人を手元に置いておきたいんだと思う」

離婚調停中なんだ。表面上はふんふんと相槌を打ちつつ、内心仰天する。万穂と梓はお互い中学からの知り合いだが、都久音は二人とは高校に入ってからの付き合いなので、細かい家庭の事情などは知らない。

「でも、もっと腹立つのは、うちの姉で。姉は今、管理栄養士を目指して大学に通っているんだけど、そのとき一人暮らしするかどうかで、やっぱり母親と揉めたの。そのとき私、まだ中学生で、姉が家を出たがる気持ちがわかったから、純粋に応援してあげたんだ。

だから今回、当然姉は味方してくれると思って電話したんだよね。そしたら『万穂までいなくなったら、お母さん本当にダメになっちゃうよ』って……。そのとき、うわ、嵌《は》められたって思って。たぶんあの姉、こうなることは最初からわかってたんだ。それで母親の面倒を私に押し付けるつもりで、自分だけいち抜けたって……」

万穂は乾いた笑みを浮かべつつ、ビリッ、と乱暴にフィルムをはがす。

「私、知ってるんだ。今の姉は将来の夢なんかどうでもよくて、大学近くのレストランで働いているイケメンに夢中だってこと。姉は美人だし、外面もいいから、昔から貧乏くじを引かされるのはいつもこっちのほう。ああいうタイプって、本当に苦手。私なんかが何言っても、勝てない」

「ふうん……。苦労してんだね、万穂も」

梓はキュウリを抜いたちくわをモグモグとほおばりつつ、

「姉妹にもいろいろあんだね。うちは兄と弟だから、よくわからんけど。そういや都久音のとこも、確か三姉妹だっけ？　都久音が真ん中の」

「え？　う、うん」

急に話を振られてドギマギしていると、万穂が探るように訊いてきた。

「都久音のお姉さんは、どう？　優しい？　家事とか、ちゃんとしてくれる？」

「へ？　や……優しいといえば、優しい……かな。家事も、まあ——するといえば、する……ほう……」

へえ、と万穂は羨《うらや》ましそうに呟《つぶや》くと、立て肘で顎を支え、じっとこちらを見つめてくる。

「いいな。都久音の家族のことだから、きっと優しくて素敵なお姉さんなんだろうね。でもね、都久音。世の中、そんな善人ばかりだと思っちゃだめだよ。そんなふうに人を信じてると、真っ先に貧乏くじを引かされるから——結局世の中、嫌なものは他人に押し付けたもの勝ち、なんだよ」

2

――そんな会話を万穂たちとしたのは、先々週のことだったか。

食卓に置かれた焼き鳥の大皿を見て、都久音はふとそんなことを思い出す。

姉の串洗い現場を目撃してから、はや二週間後の火曜日。ポットやら箸立てやらが雑然と置かれた卓袱台《ちゃぶだい》には、どでんとラップのかかった焼き鳥の大皿が一つ。その周囲には、重ねた空《から》のどんぶりが四つに、マヨネーズ、白ゴマの袋、申し訳程度に刻まれたネギの小皿。

都久音の家、内山《うちやま》家では究極の手抜き料理――「焼き鳥丼」である。

店の残り物と白飯があれば五秒でできる、家事の救世主みたいな一品だ。味に間違いはないのだが、あまりに手軽すぎるし、店の売り物を食べるときは売り上げに計上しなければならないので、内山家では料理当番がこれを出すことはご法度だ。

という、ルールのはずなのだが――都久音は冷蔵庫のホワイトボードに目を向け、今晩の料理当番の欄にある「佐々美」という字を見て溜息を漏らす。あの姉……ついにこの禁じ手を用いてしまったか。

「あれ？　佐々姉ちゃんは？」

続いて二階から降りてきた桃が、食卓のメニューを見て同じくギョッとし、犯罪者を探すような目でキョロキョロ周囲を見回した。

「わからない」

焼き鳥をレンジで温めながら、都久音は低い声で答える。文句を言おうにも、肝心の佐々美の姿が見えないのではどうしようもない。しかし暇を持て余しているくせに家事まで手を抜くなんて。これが「素敵なお姉さん」……？

「ああ、忙しい忙しい」

すると割烹着姿の母親が、前掛けで手を拭きつつ茶の間に入ってきた。都久音たちは互いに目配せすると、佐々美のことはひとまず脇に置き、母親の食事の準備に入る。

桃がどんぶりにご飯をよそい、都久音が温め終わった焼き鳥をのせて、ネギやゴマを散らす。卓袱台で一息ついていた母親は、給仕された焼き鳥丼を前に「ありがとさん」と一拝みすると、慌ただしくかき込み始めた。閉店まで休みなく働く母親は、夜の時間帯に備え、こうして早めに夕食をとることが多い（ちなみに父親は仕事中には軽くおかずをつまむくらいで、本格的な食事は閉店後に晩酌しながらとる）。

「ところで、お母さん」母親に茶を差し出しつつ、都久音は訊ねる。「お姉ちゃんはどこ？　姿が見えないんだけど」

「佐々美？　佐々美なら、食事会に行ってるよ」

「食事会？」

「ほら、この前、うちの串をあげただろ。『エンジェル楽器』の長谷川さん。あそこの奥さんが、そのお礼にってあの子を誘ってくれたんだよ。何て言うんだっけね。聖天通《しょうでんどお》りの女子大の近くにある、ガジュマルなフレンチレストラン。若い人に人気の」

「カジュアルね」

ガジュマルってなんだろう、と一瞬考え、すぐに店の入り口に置いてある観葉植物を思い出した。ああ、そういえばあの木の名前が、ガジュマルだ。

「へえー。いいなー」

桃が羨ましそうに言うと、母親は複雑そうな顔をした。

「……正直言うと、今言ったのは佐々美への口実でね。ホントはこっちから、うちの長女をどこかに連れ出してくれ、ってお願いしたんだよ。ほら、あの子、仕事にあぶれてから、ずっと家に引きこもってるだろ」

引きこもってる、というのはちょっと語弊があるなあ、と姉の生活を振り返って都久音は思う。確かにたまに情緒不安定になったりはするが、買い物や遊びなどで外出もするし、空いた時間は溜《た》まったドラマの録画を消化したり好きな漫画を読みふけったりと、本人はそれなりに楽しく過ごしているみたいだ。

「佐々姉ちゃんのことが心配なら、お店を手伝わせればいいのに」

桃が言うと、母親は丼《どんぶり》をかき込む手を止めて溜息を吐《つ》いた。

「本当に人手が足りないときは、そうするよ。でも、ほかのアルバイトの子との兼ね合いもあるしね。そう簡単にはいかないんだよ。うちで生活費を稼いでいる学生さんも、いるわけだしね」

なるほどなあ、と納得する。うちのアルバイト代を当てにしている人たちもいるわけか。月収の予定も立てているだろうし、こちらの都合で勝手にシフトを減らしてしまっては申し訳ない。

「それにあの子に手伝わせると、必ず何かやらかすしねえ……」

そっちが本音か。

母親は茶をすすると、桃が切ったたくあんの小鉢に箸をのばす。

「まあ一応、今度の食事会は出会いの場でもあるからね。そこで聖天さまのご加護でもありゃ、いいんだけど」

「えっ、それって」きらーんと、桃が瞳を光らせる。「食事会という名目の、合コンってこと？」

「まあねえ……」ポリン、と母親はたくあんを嚙《か》み砕き、「一対一だから、合コンというよりお見合いかね。あそこの奥さん、そっちの顔が広いから」

「お姉ちゃんは知ってるの？　そのこと」都久音はつい心配になり、訊く。

「まあ、あんまり表立って言うと、あの子は尻込みするからね。向こうの知り合いの男性も来るみたいよ、くらいに伝えといたけどね。それでも一応、あの子なりに察したみたい。それなりに身綺麗《みぎれい》にしていったから」

ふうん。一応やる気は出していったわけか。戦果はあまり期待しないが、とにかくご武運を祈ろう。

「別にね……。私だって今時、女だから結婚しろ、なんて言う気はさらさらないよ」

母親は箸で鶏肉《とりにく》をつつきつつ、

「ただ、ぼんやり生きているあの子を見てると、どうにも心配で。うちの店を任せられりゃあいいんだろうけど、そういう性分でもないだろ、佐々美は。だからまあ、せめて道探しの手伝いくらいは、してやろうかと思ってね……」

母親が丼の残りをかきこむ。そこでふと箸を止め、鶏肉を一片摘《つ》まみ上げると、しげしげと眺め回した。

「ありゃ。妙に美味《おい》しいと思ったら、これソリかい」

「ソリ？」

「鶏の太腿《ふともも》の付け根の、一番美味しいところ。希少な部位だから、パックを別にして選《よ》り分けといたんだけどね。あの子、わざわざそれを選んで使っちまったんだね」

母親は深い溜息を吐くと、気だるそうに頭の三角巾を巻き直し、ぼやいた。

「ああ、まったく。串なんかより、早くあの子のことを片付けてやりたいよ」


「ただいまあ」

ソリ入りの焼き鳥丼を食し、桃と二人、茶の間でだらだらと寛《くつろ》いでいると、佐々美の声が聞こえてきた。

桃と目を見合わせる。緊張して待つと、佐々美が茶の間に入ってきた。表情は特に暗くも明るくもない。服装は姉にしては露出を頑張ったほうのノースリーブのワンピースで、手にはケーキ箱をぶら下げている。

「あ、よかった」結果が気になるあまり、畳の上で変死体のように不自然なポーズをとっている妹二人を見て、佐々美は特に驚きもせずに言った。「二人ともいて。これ、『花梨堂《かりんどう》』さんのケーキ。人気のプリンは売り切れだったから、新作を買ってきた。三人で一緒に食べよ」

あ、これは……。

特にいいことも悪いこともなく、ただそのまま帰るには何となく不完全燃焼なので、何かしらの達成感を求めて目新しいお菓子とかを買って帰ってくるパターンだ。

つまり結果は訊くまでもない。都久音たちはあえて話には触れず、「わーい。ケーキだ、ケーキ」と棒読みの台詞《せりふ》で調子を合わせた。しかしその反応で、佐々美もこちらが事情を知っていることを察したらしい。お互い腫れ物に触るように会話を交わしながら、湯を沸かし、紅茶を淹《い》れ、ケーキを皿に分ける。

ケーキは地元で人気の洋菓子店のものだけあって、さすがに美味しかった。三層になったスポンジに何種類ものトロピカルフルーツが挟まっていて、夏向きの味である。

しかしなんだろう。このケーキの華やかな味わいに比べて、砂を噛むような空気の味気なさは……。

虚無の表情でケーキを食べていた佐々美が、やがてポツリと呟いた。

「単身者用のマンションって、郊外の中古だと頭金どのくらい必要かな……」

「待って。佐々姉ちゃん」

ゲホゲホと、紅茶を飲んでいた桃がむせ返る。

「……覚悟、早すぎない？」都久音もケーキを喉に詰まらせつつ、「っていうか、何かあったの？今日の食事会で」

「別に、何も」佐々美は平坦《へいたん》な口調で答える。「変わったことは、何も。待ち合わせの場所に行って、長谷川さんの紹介でお互い挨拶して。それから三人で店に入って、食事して、世間話して、帰ってきただけ」

声に感情がこもってないのがただただ怖い。

「でも、お店の料理は美味しかった。今度私のお給料が入ったらごちそうするから、みんなで行こうよ。それでね――」

佐々美はやや生気を取り戻した口調で、

「お店のスタッフの中に一人、飛びぬけてかっこいい人がいたの。その人が長谷川さんの知り合いで、少し話してたら、お客に一人、すごい顔でこっちを睨《にら》んでくる女性がいて。その人もモデルみたいに可愛かったから、彼女さんかなあ。長谷川さんが逆ナンしてるって、勘違いしたのかも。長谷川さん、綺麗で子持ちに見えないしね。今からバトルが始まるんじゃないかって、ドキドキしちゃった」

「そう……」

もはや主役ではなく観客の立ち位置になっている。ただ、話すうちに姉はいつもの調子が出てきたようで、声に人間味が戻ってきた。それほど本人も落ち込んでいないようなので、ホッとする。まあもともと姉は単純な性格だ。気分の上下が激しい分、立ち直りも早い。

「そういえば、佐々姉ちゃん」と、桃が告げる。「ソリ丼、美味しかったよ」

「ソリ丼?」

「今日の、晩ご飯」

「ああ、ごめんね。着ていく服とか悩んでいたら、ご飯の支度する時間がなくなっちゃって――ん? 今、桃、何て言った? トリ丼じゃなくて?」

「ソリ。ソリっていう美味しい希少部位だって、お母さんが言ってた」

「えっ? あっ――そうか。あれ、ソリって読むんだ」佐々美は口元に手をやり、「やだなあ。

お父さん、棒みたいな字で書くんだもん。私も逆《さか》さまから読んでたし、てっきり損失の『ソン』かと思って。どうせ捨てるんなら、使っちゃってもいいか、って――」

それは思っても、一度確認しよう？

そうこうするうちにケーキを食べ終え、桃が二階に戻る。都久音が茶の間で姉のドラマ鑑賞に付き合っていると、営業時間が終わり、店を閉めた父親が戻ってきた。都久音たちは条件反射で立ち上がり、いつものように父親の晩酌の準備を始める。

佐々美が「お父さん、ご飯すぐ食べる？　ケーキもあるけど」と訊くと、寡黙な父親は「先、フロ」とだけ答え、風呂場のほうへ消えていった。

続いて母親が戻ってきて、姉を目にして足を止める。

「あら、おかえり、佐々美。どうだったたい、食事会は」

「料理は美味しかった」

「そうかい」

会話はそれだけだった。深くは訊かないのが母親の愛情なのだなあ、と都久音がしみじみ感じ入っていると、洗面所から下着姿の父親が顔を出し、「おい。あれ」と母親に呼びかける。

「わかってるよ。今、話すから」

母親は割烹着を脱ぎつつ、卓袱台に座る。佐々美がケーキと紅茶を準備する間、都久音が緑茶を淹れて差し出すと、母親はそれを一口すすり、首を回しながら「はあ」と長い息を吐き出した。

「まったくあの石売り屋、とんでもない評判を広めてくれたもんだよ……」

石売り屋というのは、商店街で「ジュエリー神山《かみやま》」という宝石店を営んでいる神山園子《そのこ》という女性のことである。都久音の母親と同い年で、一応幼馴染《おさななじみ》のようだが、顔を見れば口喧嘩《くちげんか》ばかりで仲がいいのか悪いのかわからない。

「神山さんが、どうかしたの？」

「どうもこうもね……。ほら、この前、アンタらが解決した事件があっただろ。袴田《はかまだ》さんとこの」

ああ、と都久音はやや表情を曇らす。母親が言うのは、この前起きた、「袴田商店」に不動産会社の車が突っ込んだ事件だ。とある事情からそれに関わった都久音たちは、すったもんだの末になんとか解決に導いた。

その真相は、店主が企てた保険金詐欺だった——という実に後味の悪いものだったが、関係者で示談でも成立したのか、自首したはずの店主はなぜか起訴には至らず、ひっそりと店を畳んで引退した。そのため事は公にはなっていないが、事情を知る一部の商店街の人々の間では、「串真佐の三姉妹が店主を改心させた」と噂《うわさ》になっているらしい。

「それであの石売り屋が、『あそこの三姉妹は名探偵だ』なんて変に持ち上げるもんだから、真に受ける人が出て来ちまってね。今日も一人、そんな人が店に相談に来たんだよ。まったく、うちはただの焼き鳥屋だってのに……」

え、と都久音と佐々美は顔を見合わせる。

「ちょっと待って、お母さん。それって私たちに、謎解きの依頼が来たってこと？」

「やだ、困る。私だってそんな暇じゃないのに」

アンタは暇だろ、という視線を母親は佐々美に送ってから、

「もちろん、断ってくれて構わないんだよ。うちにはそんな相談を受ける義務も義理も、ありゃしないんだからね。ただ、今回の相談は、どうやらあの長谷川さんところの娘さんも絡んでるみたいでね。おまけにうちがあげた串まで、関係しているらしくて……」

「串って……お姉ちゃんが洗っていた、あの串？」

母親が頷く。

「『串のメッセージ』の謎を、解いてもらいたいんだとさ」

3

「マイカです」

相談者は、そう名乗った。

母親から依頼のことを聞いた、二日後の木曜。都久音たちは商店街の店で、その相談者と会っていた。都久音は高校帰りなので制服のまま、桃もこのあと塾があるので勉強道具入りのカバンを持っている。一人佐々美だけが、休日に友達と遊びに行くようなお気楽でゆるふわな格好だ。

ちなみに場所は、商店街では比較的新参のカフェ、「ＤＡ《ダ・》　ＣＯＣＯＮＵＴ《ココナット》」。アジアンテイストのお店で、若いころに世界中を旅したという店主が、四十を過ぎて地元に身を落ち着けるために開いたという話だ。明るい雰囲気の店で、やけに「ココナッツ」を連呼する陽気なＢＧＭが流れている。

だからというわけでもないだろうが、待ち合わせ場所に現れたのは、東南アジア系の顔立ちをした女性だった。年齢は佐々美と同じか、やや上くらい。大きな目が印象的な美人で、表情の端々に見せる笑顔がチャーミングだ。

服装も少々露出度が高く、スタイルの良さはモデルかダンサーのよう。母親から「相談者は中学校の先生」と聞いていた都久音たちは、そのイメージの違いにやや戸惑った。

マイカ先生はしばらく人懐っこい笑顔でニコニコ微笑《ほほえ》んでいたが、急に思い出したように、

「あ。名刺」

と呟き、膝に置いたバッグをがさごそ漁《あさ》る。

手渡された名刺を見て、さらに困惑した。

オーダーメイドらしい、ファンシーなイラストの入りの可愛らしい名刺には、「銀波中学校外国語非常勤講師」という肩書の下に、なぜか「主井タンサニー」とある。

「ぬしい……？　おもい……？」

都久音たちが揃《そろ》って首をひねると、女性はニコッと白い歯を見せる。

「しゅい、です。『すい』ではなく、『しゅい』。ちっちゃな『ゅ』が入る『しゅ』ですね。タンサニーはタイでの名前ですが、響きが気に入ってるので、日本でも使っています」

「あれ？　でも今、マイカって……」

「あ、それ、私のニックネームです」

女性はさらりと答える。都久音の脳内で、はてなマークが点滅した。さすが語学の先生だけあって、日本語は流暢《りゅうちょう》だが……なぜ、最初の挨拶でニックネームを？

「前にネットで読んだけど、タイではニックネームで呼び合うのが普通らしいよ」

桃が耳打ちする。

「本名が長すぎるから、代わりにニックネームを使うんだって。ニックネームも本名とは関係なくて、生まれたときに親が好きにつける感じ。本名自体も、役所で簡単に変更できるみたいだし」

「マイカは、これです」女性が自分のドリンクを指差し、言った。「ジャスミン。日本語で、茉《まつ》莉《り》花《か》。この漢字はマリカとも読みますが、マイカ、のほうが言いやすいので、カタカナでマイカ、と書いています」

主《しゅ》井《い》タンサニー――愛称マイカ先生は、そう言って愛想よく笑う。

すると手の中で名刺をいじくっていた佐々美が、あっと驚く声を上げた。

「もしかして……主井って、主井地所《じしょ》の主井さん、ですか？」

「はい」

「うわ」

佐々美が引き気味にのけぞる。今度は何、と都久音が目で問うと、佐々美も同じく耳打ちしてきた。

「主井地所って、地元で有名な大地主さん。昔、このへん一帯の井戸の持ち主だったたから、主井って苗字《みょうじ》になったって……。そういえばその奥さん、すごい美女のタイ人だって聞いた気が」

「はい。私のお祖父《じい》さん、とてもお金持ちです」

マイカ先生はニコニコと、屈託のない笑顔で答える。

だがその笑顔をすぐ曇らせると、やや不満そうに唇を尖《とが》らせ、

「でも、ケチなので、孫なのにあまり贅沢《ぜいたく》させてくれません」

ええと、つまり——彼女は主井氏の孫娘で、タイ人の祖母がいるということか。苗字といい、家柄といい、意外にがめつそうな感じといい、またずいぶんと個性的な先生である。ただ苗字の由来はいかにもありそうな感じがするし、それに大地主の嫁が美女のタイ人、と聞くとなんとなくその馴れ初め《なそ》も想像がついてしまうので、逆に納得感は増したと言える（ちなみに姉は、少し前まで不動産会社の派遣社員をしていたので、事情に詳しかったようだ）。

「それで、肝心のご依頼のほうなんですが……なんでも、串のメッセージの謎を解いてほしいとか」

都久音が話を仕切り直すと、マイカ先生は「あ、はい」とストローを口から外して、答える。

「イノジ、です」

「イボ痔《じ》？」

佐々美が切腹ものの聞き間違いをする。マイカ先生は「イボ……？」とよくわからないような顔をした後、首を振って言った。

「いいえ、違います。私の苗字と同じ漢字の『井』で、『井の字《イノジ》』。つい最近、私の中学校で、ある生徒のコンクール出品予定の作品が何者かに壊される、という事件が起きました。その現場に残されていたのが、竹串で作った漢字の『井』だったのです」

マイカ先生によれば、事件は美術準備室で起きたという。

そこには当時、例のリサイクルコンクールに出品する作品が保管されていた。選考手順としては、まず市内の各中学校で推薦作を選び、それを展示会場に集めて最終選考を行う、という流れだったらしい。

そして配送予定日の前日である先週末の金曜、午後八時ごろに、マイカ先生が配送業者とともに準備室に行くと、推薦作の一つが無残に壊されていたという。

その作品というのが、都久音たちが串をあげた「エンジェル楽器」の一人娘、長谷川詩緒のもの。彼女は受賞すれば実家の楽器店の宣伝にもなるといって、かなり張り切って制作したそうだ。そのため壊されたショックは大きく、翌週の今でも学校を休んでいるらしい。

「その現場に残されていたのが、『井』の字なんです」

と、マイカ先生は、テーブルに指でその形をなぞりながら、説明する。

「犯人はよほど恨みでもあったのか、作品は床に叩《たた》きつけるように壊されていました。その近くに、竹串が『井』の形に置かれていたんです」

マイカ先生がスマホを取り出し、現場写真を見せる。都久音はうっと思わず顔をしかめた。作品は床で無残に潰《つぶ》れているばかりか、黒い液体までかけられている。

「この、黒いのは……?」

「墨汁《ぼくじゅう》です」

「墨汁?」

「書道部のです。うちの学校では、美術室は美術部と書道部が一緒に使っていますので」

そういえば銀波中学《ぎんちゅう》ってそんな感じだったっけ。都久音は記憶を呼び起こしながら、あらためて写真を見る。

竹串のメッセージがあるのも、墨汁の上だった。床に丸く広がった墨のキャンバスの上半分に、竹串が「井」の形に置かれている。また墨の外側にも、折れた串や黒く汚れた串が転がっていた。そちらは使おうとして止《や》めたものだろうか。

「だから……というわけでも、ありませんが」マイカ先生が続ける。「今、犯人として疑われているのも、書道部の生徒たちで」

「どうしてですか？」

「その日、美術部は屋外活動で、美術室を使っていたのが書道部だけだったんです。書道部も休みだったんですが、自主練習する子たちがいたので、私が鍵を貸してあげて——ああ、言い忘れましたが、私、書道部のお手伝いしてます。産休の先生の代わりです」

関係者だったのか。それで部員のために相談に来たのだな、と都久音は推察する。

「部活が終わった後は、どうだったんですか？」

「部員が鍵をかけ、職員室にいる私のところに返却に来ました。その鍵はそのあとずっと職員室の所定の場所に保管されていたので、次に私が配送業者を連れていくまで、私を含めて、ほかに美術準備室に入れた人はいません」

「なら、部活が始まるもっと前……授業中や前日などに、すでに壊されていたってことは？」

「それもありません。部活が始まった午後四時ごろ、当の長谷川さん本人が、作品の最終チェックに来てますので」

張り切っているだけあって、詩緒は出品する直前まで作品のチェックに余念がなかったらしい。またそのとき美術室にいた書道部員に彼女の友達がいて、一緒に確認もしていたそうだ。

話を聞き、ふうん……と都久音は鼻を鳴らす。警察か推理小説風に言えば、「容疑者は限定される」わけか。

「限られた容疑者に、残された竹串のメッセージの謎、か……」

最近ミステリードラマにはまっているらしい佐々美が、やや興奮気味に言った。

「なんだかミステリーっぽくて、ワクワクするわね」

……いや、たかが中学校で起きた器物損壊事件に、そこまで気分高揚しないけど。

「どう、桃？　この暗号の謎、天才少女には解ける？」

「暗号って……あのね、佐々姉ちゃん」

桃は呆《あき》れ顔で溜息をつきつつ、

「ミステリーで言う『暗号の謎』っていうのは、あくまで創作上の、深い知識や高度な閃《ひらめ》きを前提にした知的ゲームのこと。そもそも暗号を残さなきゃならない状況なんて、現実にはそうそうないんだよ。なんだっけ――漢字の『井』？　井の字の形に、串が置かれていた？　そんなのどうせ、犯行を目撃した人が匿名で犯人の名前を書き残した、とかに決まってるじゃん」

「だったら串じゃなくて、指とかで字を書けば良くない？　墨はあるんだし」

「手書きじゃなくてわざわざ竹串を使ったのは、筆跡でバレたくないからだよ。もし自分がチクったってバレたら、犯人に逆恨みされるかもしれないじゃん」

「あ、そっか。じゃあ、このメッセージの意味って――」

「普通に名前に『井』のつく人が犯人、ってこと」

姉と同様にミステリー漫画や謎解き系のゲームを好む妹は、対照的に冷めた意見を返す。このあたりに両者のミステリーに対する姿勢の違いが見えて、なかなか興味深い。

マイカ先生は人の好《よ》い笑顔で二人の会話を聞きつつ、

「『井』のつく人が、犯人――というのは、私もそうだと思います。ですが……」

そこで困ったように言葉を止めた。桃が「ん？」と首を傾《かし》げる。

「もしかして、部員に『井』のつく人がいないんですか？」

「いえ、その逆です」

「逆？」

「そのとき、美術室で自主練習をしていた書道部員は、四人います。名前は井角《いすみ》あいみ、井戸木《いどき》生真子《きまこ》、井手《いで》走華《そうか》、木暮《こぐれ》学太《がくた》――四人中三人が、名前の頭に『井』がつくんです」

「えっ、四人中三人？」

桃が目を丸くする。

「それじゃあ、犯人が全然絞れないいじゃないですか」

「はい。絞れません」

「書く意味、ないじゃないですか」

「はい。ありません」

「だったら」桃はやや狼狽《ろうばい》気味に、「なんで目撃者は、『井』なんて残したんですか？　そんなの書いたって、情報量はゼロっていうか、焼け石に水っていうか……」

「ですよねえ」

マイカ先生は間延びした口調で頷いて、再びストローを咥《くわ》える。

「だから、謎なんです」

4

「……ダイイングメッセージ、ってやつね」

マイカ先生との話を終え、姉妹三人で商店街を歩いて帰る途中。桃のスマホの現場写真を後ろから覗いた佐々美が、したり顔で呟いた。

「それは、死んだ人が残すやつ。今回のは、ただの告発メッセージ」

桃が律儀に突っ込む。優しいなあ、と都久音はかつての己を見るような目で妹を眺めつつ、

「その竹串って、やっぱり詩緒ちゃんの作品に使われてたもの？」

「うん。うちの店の平串」

「詩緒ちゃん、うちの竹串で何を作ったの？」

「調べてみたけど、カリンバって楽器みたい」

「マリンバ？」

「カリンバ。アフリカの楽器で、親指で弾《はじ》く小さなピアノみたいな……ほら、こういうの」

そう言って動画を見せてきた。どうやら作品のアピール用に撮影したものが、ネットにあげられていたらしい。素人《しろうと》撮影っぽい映像の中で、色白で可愛らしい顔立ちをした詩緒が、恥ずかしげに手製の楽器を弾いている。

楽器は両手に収まるサイズで、ハート形の板の上に、長さを変えた平たい竹串――うちの店の

ものが、左右対称のハープの弦みたいに並べられていた。素材は板と竹串のみというシンプルさだが、音は素朴で愛らしく、板の中心に埋め込まれたワンポイントの宝石風飾りもチャーミングだ。

「この動画を撮影してるのは？」

「井戸木生真子さん。そのときいた書道部員の一人で、詩緒お姉ちゃんの親友だって」

「『容疑者』の書道部四人って、全員女子なんだっけ？」

「ううん。『井』のつく三人が女子で、残り一人は男子。井手走華さんが三年女子、井角あいみさんと井戸木生真子さんが二年女子、木暮学太さんが二年男子。ちなみに詩緒お姉ちゃんも二年」

あまり共通点のなさそうな四人組だ。そんな中で、頭に「井」がつく生徒が三人も集まるとはなかなかの偶然だが――出席番号順で仲良くなったとかだろうか。

「あ。今ちょっと、閃いたんだけど」

と、再びしたり顔で、佐々美。

「その『井』って、実はほかの文字だったってことはない？　音楽の『♯《シャープ》』とか」

「う――ん……。それを確認するために、現場の写真を見てたんだけど」

スマホの画像編集アプリをいじりながら、桃が悩ましげな顔をする。

「やっぱりそれはないね。見る限り、串の縦と横は直角に交わっているし。丸串なら転がって動いた、ってことも考えられるけど、平串だからそれもないしね。『♯《シャープ》』や『#《ハッシュ》』ってことはないと思う。縦横の形も計ったように揃っているから、落ちた串が偶然この形に重なった、って可能性も低い」

「そっか——あ！　じゃあ名前じゃなくて、井戸の『井』ってことは？　井戸の中に秘密があります、とか」

「都久姉ちゃん。銀波中学って、昔の井戸とかあるの？」

「ないよ」

佐々美の適当な思い付きに桃が真面目《まじめ》に答え、都久音がさらりと受け流す。姉妹のよくあるパターンである。

「おっ！　名探偵三姉妹。どうしたい、三人お揃いで。今日も華麗に事件解決かい？」

するとそこで、陽気な声がかかった。「ラーメン藤崎《ふじさき》」という看板の店の前で、ねじり鉢巻きの二十代後半ぐらいの男性が、腕組みしながらニコニコ笑顔で立っている。

都久音たちは三人揃って会釈し、華麗にスルーした。店主は同じ商店街のよしみで顔見知りだが、特に気を遣うほどの相手でもない。——しかしあの店、いつ見ても閑古鳥が鳴いているが、大丈夫だろうか。

「井戸といえば……マイカ先生も、主井だから『井』がつくよね」

藤崎の姿が見えなくなったところで、佐々美が急に思わせぶりな口調で呟いた。

都久音はえっと驚く。

「まさかお姉ちゃん、マイカ先生を疑ってるの？」

「え？　まさか」慌てた様子で手を振る。「ただ、ふっと思っちゃっただけ。そういえば、マイカ先生も『井』がつくなあ、って——」

当人も動揺しているところを見ると、本当にただ思っただけらしい。その思ったらすぐ口に出す癖、やめてほしい。

「マイカ先生が犯人って線は、薄いと思う」桃がまた佐々美の話を真に受けて、「それだと先生は、一緒に入った業者の目を盗んで壊さなきゃいけない。業者を買収して黙らせる、って手もあるけど、そこまでする意図もわからないしね。そもそも謎解きの依頼をしてきたのが、マイカ先生自身だし」

「そっかあ――どうでもいいけど、『主井タンサニー』って苗字と名前のバランスが絶妙だよね。長崎ハウステンボスみたいな」

「それって褒めてるの、お姉ちゃん？」

本当にどうでもいいなあ、と思いながらも都久音はつい応じてしまう。桃は無反応だったので、さすがに呆れたか――と思いきや、急に真顔になって足を止めた。

「バランス……？」

呟き、持っていたスマホをまたいじりだした。なんだろう、と都久音は首を傾げる。

「どうしたの、桃？」

「今、佐々姉ちゃんがバランスって言ったじゃん。それでふと思ったんだ。この『井』の位置、ちょっとバランスが悪いなって」

「『井』の位置の……バランス？」

「この『井』、墨の広がった部分の、上寄りの部分にあるでしょ。正確には上下は不明だから、下寄りかもしれないけど。だからもしかしたら、この空いた部分にも何かあるんじゃないかって

――うん、ビンゴ！」

桃がガッツポーズをし、画像編集アプリで色調を調整した現場写真を見せてくる。

「見て、この下半分の領域。ところどころ、線の跡みたいのが見えない？　あと、こっちに捨ててある竹串――裏側にべったり墨がついている。こっちの折れているやつとかも。つまりこれらの串は、一度墨の上に置いてから、また取り除かれたってことだよ」

「うん……だから？」

「だから――もともとはこの『井』の字だけじゃなくて、もう一文字か二文字、下半分に書かれていた、ってこと。それを取り除いたから、中途半端なメッセージになっちゃったんだよ」

「もう一文字か二文字……？　それってつまり、苗字が全部書かれてたってこと？」

都久音は驚き、現場写真を再度のぞき込む。

「なら、どうして下の字だけ消したの？」

「それはわからないけど……でもきっと、そこには何か理由があるはず。それが謎を解く鍵だよ」

桃の目がらんらんと光る。都久音は色調補正された写真を眺めた。桃の言う通り、井の字の下側――『井』は上下左右どちらからでも読めるので、正確な上下は不明――には、墨の淡くなった線のようなものが何本も浮かんでいる。ここに串の文字があったことは確かだろう（図「井の字と墨の跡」参照）。

「あれ？　これ、『人偏』じゃない？」

すると佐々美が、下側ではなく、『井』のある上側を指

井の字と墨の跡

さして言った。

「人偏？」

「ほら、この『井』のとこ。井の字の下に重なるみたいに、人偏みたいな線が見えるんだけど——私の見間違いかな？」

確かに『井』の字の近くにも、うっすら線の跡が見える。

「うーん」桃は目を細めつつ、「確かに、漢字の部首にも見えなくないけど。でも四人の名前は、誰も人偏はつかないし——たぶんこれは、『井』の形を整えるときにでもついた跡じゃないかな。

とにかく……一つだけ言えるのは、これを書いた人は、一度書いたもう一つの字を、串を取り去ることでわざわざ消した、ってこと。いったいどうして、そんなことをしたんだろう？」

一度書いた字を、また消す……？　都久音も眉根を寄せる。桃の言う通り、そんなことをする必要性がわからない。漢字を間違えたなら、置き直せばいいだけだし——。

「あっ、わかった」

佐々美が手を打ち、何度目かの閃き顔で人差し指を立てた。

「途中で竹串が足りなくなって、名前を全部書くのを諦めたんだ」

「ううん。さっきの動画で数えたけど、楽器の音階は二十四音。一音につき竹串一本だから、長短はあるけど、全部で二十四本あったはず。井手、井角、井戸木——どれも本数は十本前後だから、数は足りてたはずだよ」

「なら、あとからまた犯人が来て、名前がわからないよう書き換えた——とかは？」都久音も訊ねる。

「だったら竹串を全部片付ければいい。『井』なんて中途半端な字だけ残さずにね。『井』を残すメリットは『木暮』だけが容疑者から外れる、ってことだけど、もしその木暮さんが犯人なら、そんな露骨な真似《まね》するかなあ？　そもそもその場合、最初に書かれたのは『木』だろうし」

桃が顔を上げる。通りには、夕食時を控えて買い物客の増え始めた商店街の人波があった。一昔前より人出は減ったらしいが、それでもまだ現役の商店街として頑張っている姿が愛《いと》おしい。アーケードの隙間から差し込む夕日を浴びつつ、桃が呟いた。

「――なんでわざわざ、下の字だけを消したんだろう？」

5

「私……詩緒に嵌《は》められたんです」

開口一番、井角あいみはそう言った。

場所は同じく、ぎんなみ商店街のアジアンカフェ、「ダ・ココナット」。マイカ先生から相談を受けた翌日の金曜放課後、都久音たちは早速部員たちへの聞き取りを開始した。ちなみに今回も姉妹は三人揃っていて、マイカ先生も同席している。

最初の相手・二年の井角あいみは、かなり少女趣味の強い女子だった。いったん帰宅したのか私服姿で、リボンやフリルの目立つ、ガーリーな格好をしている。ふわふわの髪は頭の高い位置で二つ結びにしていて、毛先がくるりとカールした感じがまるで羊の角《つの》だ。本人もトレードマークにしているのか、可愛らしいピンクのポシェットには羊や牛など、角付きの動物のぬいぐるみストラップがたくさんぶら下がっている。書道部というより、手芸部でアクセサリーでも作っていそうな感じだ。

「えっと……嵌められたっていうのは、つまり……？」

いきなりの告発に戸惑いつつ、都久音は訊き返す。

「詩緒が、私がみんなから疑われるよう仕向けた、ってことです。現に今、部活でもクラスでも、周りから白い目で見られてますし」

「井角さんが、犯人扱いされているってことですか？」

「そうです」

「ってことは、井角さんはあの事件を――」

「詩緒の、自作自演だと思っています」

井角あいみはきっぱりと答える。

「詩緒が、自分で作品を壊して、私を犯人に仕立て上げるつもりで『井』なんて残したんです。詩緒、私のことが嫌いみたいだし。私と詩緒が仲悪いってことはみんな知ってるから、あんな事件が起これば、真っ先に私が疑われるに決まっています。詩緒はそこまで計算ずくで、私を嵌めたんです」

都久音は目を白黒させる。のっけから人間関係の闇が深い。話しぶりからみるに、どうも彼女は詩緒に強い敵対心を抱いているようだが――何かあったのだろうか。

「あの……ちょっといいですか？」

横から桃が口をはさむ。

「今、詩緒お姉ちゃんが井角さんを嵌めるために『井』を残した、って言いましたけど……それって変なんじゃ？」

「どうしてですか？」

「だって、ほかにも二人いますよね、『井』のつく人。それだと、井角さんだけを狙って犯人にできません」

「それは」井角あいみは冷めた笑いを浮かべる。「知らなかったんじゃないですか？」

「知らない？」

「あの子、人の名前を覚えないから。書道部でもないし、三年の走華先輩の名前は知らなかったと思います」

「走華先輩って、井手さんのことですか？」

「はい。井手走華です。川の土手をよく走っている、走華先輩。だから『井』って書きさえすれば、私が疑われると思って……。最初から私を嵌めるつもりでいたんだと思います」

「でも、もう一人『井』のつく人が、詩緒お姉ちゃんの友達だって――」

「キッコのことですか？」

「キッコ？」

「井戸木生真子。あのとき自主練グループにいた、私や詩緒と同じ二年の子です。確かにキッコは詩緒の友達だけど……でも、たとえ友達同士でも、普段あだ名で呼び合ってると本名ド忘れしちゃうことって、ありません？」

え？　と怪訝《けげん》な顔をする桃と都久音の隣で、佐々美だけが一人ウンウンと頷く。

「あるある。たまにやるよね。携帯の連絡先とかあだ名で登録してて、本名忘れちゃうこと。年賀状書くとき困っちゃって……」

そんなことある？　と都久音は一瞬思ったが、自分だって目の前の「マイカ先生」の本名もすでに忘れかけていることに気付き、なくはないか、と一応納得する。

「でも……だったら詩緒お姉ちゃんは、いつその犯行を？」

桃の続いての質問に、井角あいみはまた断定口調で答える。

「それはもちろん、詩緒が作品の最終チェックに来たときです」

「でもそのときは、友達の井戸木さんも一緒にいたって……」

「だったら、キッコもグルなんじゃないですか？　二人が組んでるなら、いくらでも嘘が吐けるし」

「でも——それなら、井戸木生真子さんがメッセージに反対しそうな気がします。同じ書道部なら井手走華先輩の苗字も知ってるし、自分も『井』がつくし。そうすると、やっぱり井角さんを嵌めるために『井』を残した、っていうのは、変だと思いますが」

「それは……」

井角あいみは返事に詰まる。

「確かに、そうかもしれないけど……。だったらキッコは、詩緒に黙っててって言われただけで、詩緒のしたことがよくわからなかったのかもしれない。

それか、本当はキッコが犯人だったか……。キッコと詩緒、対等な友達っていうより、キッコが詩緒の奴隷みたいなものだから。それで、ずっと恨みが溜まっていたのかも。

あ、でも、それなら逆に、詩緒の狙いが私じゃなくてキッコだった、ってこともありますね。キッコ、走華先輩のことが好きだから。詩緒は自分の奴隷であるキッコの気持ちが走華先輩に向かうのが許せなくて、二人の仲を引き裂こうと『井』なんて書いて、二人が揉めるように仕向けたとか——それだと私も巻き添えをくらうけど、詩緒はもともと私のことなんて眼中にないだろうし——」

取り留めなくしゃべり続ける。……井戸木生真子が詩緒の奴隷？　井戸木生真子は井手走華先輩が好き？　話が飛躍しすぎてどうにもわかりにくいが、井角あいみのとにかく詩緒を悪者にしたいという強い感情は伝わってくる。

「あの……ちょっとごめんね」たまらず話を遮る。「疑うわけじゃないんだけど、どうもさっきから、私の知る詩緒ちゃんとイメージが違い過ぎて。その——井角さんを嵌める？　だとか、井戸木さんを奴隷にする？　だとか、私には、とてもそんなことをする子には思えないんだけど。詩緒ちゃん」

井角あいみはふっと笑う。

「お姉さんたちは、詩緒とどういう関係なんですか？」

「うーん……同じ商店街のご近所さんで、詩緒ちゃんがちっちゃいころからの顔馴染《なじ》み、って感じかな？」

「そうですか……。なら、詩緒ママのことは？」

「詩緒ちゃんのお母さん？　長谷川さんがどうかした？」

「知りませんか？　詩緒ママ、すごい男にだらしないってこと」

えっ、と都久音たちは小さく声を上げる。まさか、と思う反面、「あそこの奥さん、そっちの顔が広いから」という母親の言葉が頭をよぎった。──「顔が広い」って、そういう意味？

「私のママ、音楽関係の学校に勤めてるんです。それで地元の楽団とか楽器店とかに詳しいんですけど、詩緒の楽器店、界隈《かいわい》では有名らしくて。女店主が男の客に色目を使う、って噂です。走華先輩のパパも、昔ちょっかいかけられたらしいし」

「え？」一瞬頭がフリーズする。「詩緒ちゃんのお母さんが──井手走華さんのお父さんに？」

「はい。走華先輩のパパ、プロの音楽家なんです。しかもコンマス？　とかで結構地位が高いらしくて。そのときはもう、今の走華先輩のママと付き合ってたみたいなんですけど、それを詩緒ママが奪い取ろうとしたらしいです。

まあそのときは結局、走華先輩のママが頑張って奪い返したみたいだけど。──あ。このことは、詩緒や走華先輩には一応内緒にしてください。二人は知らないかもしれないので」

生々しいなあ。都久音と桃は、家族でドラマを鑑賞中に急にキスシーンが出て来たような表情になった。一方で佐々美は話に俄然《がぜん》興味が湧いたらしく、「ふんふん、それで？」と、前のめり気味に先を促す。

「だから──その血を、詩緒も引いてるってことです。あんなあどけない顔をして、魔性の女っていうか。詩緒に彼氏を盗《と》られて恨んでいる子、いっぱい知ってるし。キッコだって、あんな奴隷みたいに──」

「さっきから気になってるんだけど」都久音は首を傾げつつ、「その『奴隷』って、どういう意味？」

「別に……傍《はた》から見ると、そういうふうに見える、ってだけですけど」井角あいみは髪を指に巻きつけながら、「対等な友達というより、キッコがひたすら詩緒に気を遣ってるっていうか。詩緒に何か、弱みでも握られてるのかな。キッコは名前通り生真面目な性格だし、すぐ洗脳とかされそうなタイプだから」

「——じゃあ、井戸木生真子さんが井手先輩を好きっていうのは？」佐々美が口をはさむ。「井手先輩も女子だよね？　その好きって、恋愛感情の意味？　井戸木さんは、同性が好きってこと？」

「お姉ちゃん。またそんな極端なこと——」

「いえ」すると井角あいみは少し語気を強めて、「別に極端ってことは、ないと思いますけど。私の周りでも、普通に女子同士で付き合っている子はいますし。キッコももちろん、そういう意味で走華先輩を好きなんだと思います。だって——」

井角はタピオカミルクティーをせわしなくストローでかき混ぜながら、

「もともとこの自主練グループも、私が名前の『井』がうまく書けなくて、走華先輩に書き方を相談したことから始まったんです。それで字の上手《うま》い木暮くんも巻き込んで三人で練習してたら、キッコが自分も『井』がつくからって、途中から割り込んできて——私と走華先輩が個人的に仲良くなるのが、きっと許せなかったんです。キッコ」

「そ、そうなんですか……？」

井角あいみの鼻息の荒さにやや圧倒されつつ、都久音はかろうじて相槌を打つ。——もしかしてこの子、井戸木生真子さんも嫌い？

　ひとしきりしゃべって落ち着いたのか、井角あいみはタピオカミルクティーを一口吸うと、ふうと息をつく。

「……でも、お姉さんたちが女性でよかったです」一転、鼻にかかった甘え声で、「男の人相手だと、こういうことってちょっと話しにくいし。それに男子って絶対可愛い子の味方をするから、男子の前で詩緒の悪口言うと、こっちが悪者にされちゃうんですよね。お姉さんも、同じ女子ならわかってくれますよね？」

「うーん……わかる」

　女子中学生に上目遣いで同意を求められ、佐々美は妙に実感のこもった頷きを返す。共感してるなあ……。っていうかこの子、姉みたいなタイプを丸め込むのが得意なのでは？

「それにあの子、本心じゃ何考えているかよくわからないし。昔、ちょっと仲良くなって遊びに行ったとき、詩緒の部屋で、大切そうにしまってあった宝石の飾りをたまたま見つけたんです。すごく綺麗だったので『本物？』って聞いたら、レジンで作った偽物だっていうから、ますますびっくりしちゃって。私、レジン作りも好きだったから、コツを知りたくて作り方を聞いたんですが、あの子、笑って誤魔化《ごまか》すだけで、どうしても教えてくれなかったんです。それでちょっと、嫌な気分になっちゃったっていうか」

「レジン？　レジンって、あの、アクセサリーとかに使う？」

「はい、そうです」

　井角あいみはポシェットの半透明な飾りを一つ外し、目の高さに掲げる。

「こういうのです。しかも詩緒、私に作り方を教えなかったそのアクセサリーを、わざわざ例の作品に飾りとしてつけてきたんです。何なの、あれ。私へのあてつけ？　本当、意味わからない――」

彼女は苦々しい顔で首を振りつつ、

「でも詩緒は、見た目清楚《せいそ》で可愛いから、誰もそんな性格に裏があるなんて思わないですよね。それで男子も女子も、みんな騙《だま》されちゃって。走華先輩だって――」

「井手先輩が……何？」

「――いいえ。別に」

井角あいみが急に口を閉ざし、表情を硬くした。彼女はタピオカミルクティーを急ぐように飲み干すと、カバンを持って立ち上がる。

「そろそろ、いいですか。私、このあと用事あるんで。それじゃあお姉さんたち、マイカ先生のためにも、この事件が早く詩緒の自作自演だって暴いてやってください。もし事件を解決できずに、マイカ先生が責任を取らされるなんてことになったら、書道部が学校中の生徒に恨まれちゃう」

「学校中の生徒から？　どうして？」

井角あいみはちらりとマイカ先生を見て、ふっと表情を和らげた。

「だって先生は、みんなのアイドルだから」

「そんなこと、詩緒は絶対にしません」

井戸木生真子は、そう力強く言い切った。

引き続き「ダ・ココナット」。井角あいみと入れ替わりに現れたのは、丸眼鏡《まるめがね》に広いおでこをした、その名の通り生真面目そうな女子中学生だった。最初は大人しい印象だったが、井角あいみが長谷川詩緒を疑っていると聞いたとたん、急に堰《せき》を切ったようにしゃべり出す。

「そんなの、ただのあいみの言いがかりです。あいみを嵌めたって、詩緒には何のメリットもないんだし。逆に、あいみが詩緒の作品を壊す理由なら、あります。だから絶対、犯人はあいみで、あいみはそれを誤魔化すために詩緒を攻撃してるんです」

こちらもずいぶん敵対的だった。詩緒の親友らしいので肩を持つのは当然だが、それにしても井角あいみへの当たりが強い。

ちなみに詩緒は、事件のあとは調子を崩しているというので、今日は呼んでいない。詩緒の母親からもそっとしておいてほしいと言われているため、今後も聞き取りできるかどうかわからない。

「えっと、井戸木生真子《いときまこ》さん——」

「イドキ、です」

「井戸木《いどき》さん。その、井角さんが作品を壊す理由って、なんですか?」

都久音が訊くと、井戸木生真子はココナッツミルクのかき氷をスプーンでつつき回しつつ、答えた。

「走華先輩です」

「井手走華さん?」

「あいみは、走華先輩のことが好きなんです。でも先輩は、詩緒のことを気にかけているみたいだから。それであいみは、一方的に嫉妬して……」

「え？　井角さんが、井手先輩のことを好きなの？」佐々美が驚きの声を上げる。

「あなたが、じゃなくて？」

井戸木生真子は目をぱちくりさせた。

「いえ、私は別にそういうんじゃ……。自主練のグループに入ったのも、走華先輩に『あいみと二人きりになると怖いから、ボディーガードしてほしい』と頼まれただけで。それで部活中とか、いつもそばにいるだけです。

最近のあいみ、先輩へのアプローチが行き過ぎてて、ストーカー化してるらしくて。先輩、『走華』って名前の通りランニングが好きで、毎朝河原の土手を走っているんですが、振り向くといつの間にかあいみが追ってきてるって、冗談交じりに言っています」

都久音はぽかんと口を開けた。どちらの言い分が正しいのか——だが両者の態度を見るに、どうも井戸木生真子のほうに軍配が上がりそうな気がする。つまり、本気で井手走華先輩を好きなのは井戸木生真子さんじゃなくて、井角あいみさん？

「じゃあ、井手先輩が、詩緒お姉ちゃんのことを気にかけているっていうのは？　それも恋愛感情の意味ですか？」桃が率直に訊く。

「いえ……それはないと思います。確かに先輩、たまに廊下ですれ違うときとかに、詩緒のことをじっと見ていることはありますが。でもそれは先輩に限らず、たいていの人がそうですし。詩緒、可愛いので。それをあいみが嫉妬して、勝手に勘違いしちゃってるだけです」

「詩緒ちゃん、モテるんだってね」都久音はひとまず話を合わせる。「学校でも、詩緒ちゃんに彼氏を盗られた子が何人もいるって……」

井戸木生真子が苦笑する。

「それ、あいみが言ったんですか？」

「え？　あ、うん」

「それも言いがかりです。彼氏にフられた子が、勝手にその理由を詩緒のせいにしているだけです。男子と付き合うどころか、そもそも詩緒、男嫌いだし」

「え？　詩緒ちゃんが男嫌い？」

「はい。詩緒の元父親が、ひどいDV男だったんです。父親って言っても、血は繫《つな》がってないし籍も入れてないから、ただのお母さんの恋人、みたいな感じだったらしいですけど。内縁の夫、っていうんですか。そのときの経験がトラウマで、今も男子が苦手みたいです。

詩緒のお母さん、娘が男性不信なのは自分のせいだからって、詩緒のために、優しくていいお父さんを見つけようって頑張っているらしくって……。でもそのせいで、逆にお母さんには『男好き』なんて噂も立っちゃったんですが」

そういうことか、と腑《ふ》に落ちる。詩緒の母親にふしだらな印象はあまりなかったが、そういう話であれば納得である。まあ人の恋人まで奪おうとするのは、さすがに行き過ぎだと思うが。

「詩緒は、優しいから」

井戸木生真子はさくり、とかき氷にスプーンを突き入れる。

「自分たちが何か誤解されても、『まあ、誰でも間違いはあるよね』って、笑って受け流しちゃうんです。今回のことだって、別に詩緒があいみを犯人扱いしたわけでもないのに、勝手にあいみが被害妄想で『自分は嵌められた』って騒ぎ出しただけで。一番の被害者は、どう考えても詩緒なのに」

「井戸木さんは——本当に、詩緒ちゃんの味方なんだね」

都久音の口から、ついそんな言葉が漏れた。彼女の話しぶりからは、とても井角あいみの言うような「奴隷」みたいな関係性は感じられない。

「はい。詩緒にはちょっと、借りというか……。恩が、あるので」

恩？——それはまた、中学生にしては仰々《ぎょうぎょう》しい。

「……あ、この曲」

そのとき、ちょうど店内のＢＧＭが切り替わり、井戸木生真子の注意がそちらに向いた。

「この曲が、どうかした？」

「これ、詩緒の好きな曲です。昔、詩緒がいろいろあって落ち込んでたとき、詩緒のお母さんの知り合いが教えてくれたんだそうです。これを聴けば元気が出る、って。なんだっけな——」

「『Da《ダ》・Coconut《ココナット》・Nut《ナット》』」マイカ先生が口を開いた。「昔流行《はや》ったフィリピンの曲です。私の日本の友達も好きでした」

「ああ、それです」井戸木がぱちんと手を打つ。「詩緒が作品の最終チェックで試し弾きしてたのも、この曲でした。なんか楽器の音がちゃんと出ないって、詩緒は不満そうだったけど……」

都久音はこのカフェの店名を思い出した。ここから取ったのか。あらためて耳を澄ますと、茶目っ気たっぷりの男性ボーカルに囃《はや》し立てるような女性コーラスが混じった、とても陽気な曲である。英語なので意味はよくわからないが、ひたすら「ココナッツ」を連呼しているのが楽しい。

「……でも、お姉さんたちが女性でよかったです」無意識なのか、井戸木生真子はBGMに合わせて歌を口ずさみつつ、「実は私も、詩緒ほどじゃないけど、男の人が苦手で。部活でもあまり意識せずに話せる男子は、木暮くんくらいだし」

「木暮くんって、例の四人のうちの？」

「はい。彼、頭がすごくいいんです。そのせいで男子っていうより、コンピューターかなにかとしゃべってるみたい」

そこで井戸木生真子が壁の時計を見て、あっと呟いた。そろそろ習い事の時間らしい。井戸木生真子はごちそうさまでした、とカフェ代を出してくれたマイカ先生に頭を下げ、おもむろにカバンを手に取る。

「それじゃあ――お姉さんたち、どうか詩緒のためにもよろしくお願いします。犯人は、どう考えてもあいみだと思いますけど。私も本当は犯人探しなんてしたくないけど、事件が解決しないと、マイカ先生が責任取らされちゃうかもしれないし。それで先生が辞めるなんてことになったら、きっと詩緒はもっとショックを受けちゃう」

「マイカ先生が辞めると、詩緒ちゃんがショックを受ける？　どうして？」

書道部員でもないのに？　と都久音が首を傾げると、井戸木生真子はくすっと笑って、マイカ先生を眩《まぶ》しそうな目で見る。

「先生は、みんなのアイドルだから。――詩緒も私も、先生の大ファンなんです」

「あいみは……犯人じゃないと、思います」

「僕も」

井手走華と木暮学太は、口を揃えるように言った。

三組目。最後の相手は、すらりと背の高い女子と、小柄で眼鏡を掛けた色白の男子の二人組だった。

背が高い女子が三年の井手走華で、小柄な男子が二年の木暮学太。井手走華は中性的な顔立ちで、書道部というより陸上部やバスケ部にいそうな雰囲気。いかにも女子に人気が出そうな感じだ。木暮学太はやや生意気そうだが、小動物的な愛嬌《あいきょう》があって可愛らしい男子という印象だ。

二人は塾があって時間が取れなかったため、講座の空き時間にまとめて話を聞くことにした。場所は塾近くの公園で、すでに日は傾き、仕事帰りの人の姿もちらほら見え始めている。

「……どうして、そう思うんですか？」

揃って井角あいみは犯人ではない、と主張する二人をやや不思議に思い、都久音は訊ねる。

井手走華がまず、口を開いた。

「だって、あいみは……書道パフォーマンスを、頑張っていたから」

「書道パフォーマンス？」

「秋の文化祭で披露するんです」と、続いて木暮学太。「正月番組とかでよく見る、踊りながら特大の画仙紙に字を書くアレです。書道部では毎年秋の恒例になっていて。井角さんはその振り付けチームのリーダーです。彼女はそのパフォーマンスを絶対に成功させたいはずだから、この時期にわざわざ練習に差し支えそうな事件を起こすはずない——と、つまり先輩はそう言いたいわけです」

井手走華の足りない言葉を、木暮学太が的確な説明で補う。桃と同じく、頭の回転の速い子のようだ。

「もっともそんなのは、何の論拠にもなりませんけどね」

木暮少年はさらっと毒を吐き、

「文化祭まではまだ時間がありますし、人間はそんなに合理的じゃないから。一時的に魔が差すなんてことは、いくらでも……ただ、僕も別の観点から、先輩に同意です」

「別の観点?」

「僕、あのときの準備室の出入りを、整理してみたんです」

カバンからノートを取り出し、ベンチに広げる。

「ここに描いたのが、当時の美術室の様子(図「美術室」参照)。僕の記憶によれば、当日の流れはこうです。まず、放課後の午後四時ごろ、僕たち部員が美術室に集まり、このベランダ側の活動スペースで『井』を書く練習をしました。長谷川詩緒さんが作品の最終チェックに来たのもそのころ。彼女と井戸木生真子さんが一緒に美術準備室に入ったあと、中から試し弾きの曲が聞こえたのを僕も覚えています。

そして長谷川さんが出て行ったあと、井角あいみさんの提案で、書道パフォーマンスの練習を始めました。新しい振り付けを試したかったみたいです。その練習中、僕たちはそれぞれ準備室に出入りしました。順番はまず井戸木生真子さん、次に僕、その次に井手走華先輩、最後に井角あいみさんという流れ。時間はだいたい三十分間隔くらいで、一人一回ずつ。動画で確認したので間違いありません」

「動画？」

「メイキング映像用に、練習風景も撮ってたんです。――これです」

木暮学太がスマホを見せる。練習で書いた紙を乾かしているのだろう、天井から吊《つ》るした大きなカーテンのような画仙紙をバックに、木暮たちが書道パフォーマンスに熱を入れる様子が映っていた。ただし動画はベランダから固定したスマホで撮ったものらしく、美術準備室の二つの出入り口――美術室内にある、廊下側とベランダ側の出入り口――は見切れている。

「ちなみに各自が出入りした理由は、筆の交換とか紙の補充とかですね。映像から外れていたのは、皆だいたい十分程度。これはあくまで映像から見切れていた時間で、必ずしもその間ずっと準備室にいたわけではありません」

練習は午後六時半ごろまで続いて、部活を終えて美術室に鍵をかけ、職員室に届けたのが午後七時ごろ。鍵は僕が直接持っていきました。その後は午後八時にマイカ先生が業者を連れて

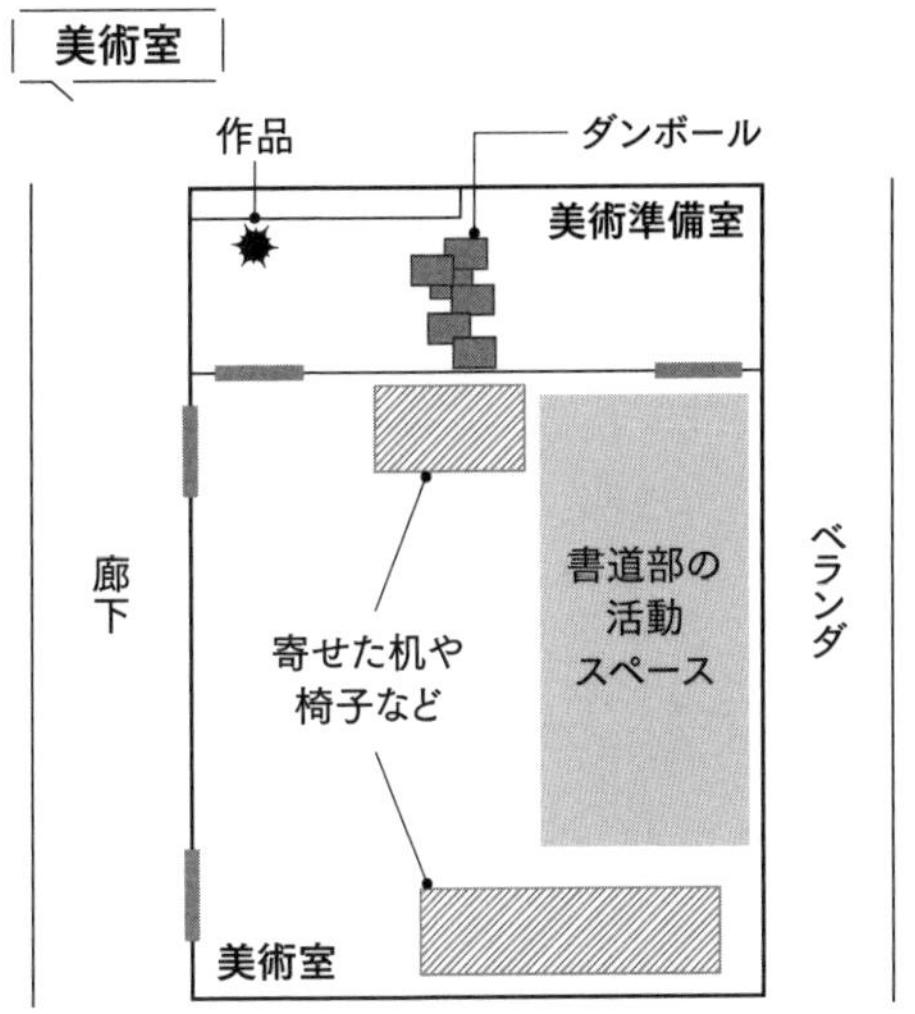

行くまで、中に入った人はいません。あと部活中、事務員の人がずっと階段で作業をしてたらしいんですが、その人も美術室のあるフロアに行ったのは長谷川さんを含む五人のみだったたと証言しています」

木暮学太の説明は簡潔明瞭で、ノートも非常にコンパクトにまとまっている。かなりできる子のようだ。

ただ、同じ頭が良いといっても、明るく天真爛漫《らんまん》な桃に比べ、木暮にはどこか暗い陰のようなものを感じた。顔色も悪く、よく見ると目元には濃い隈《くま》ができている。なんだろう……寝不足だろうか。

「これでなんで、井角さんが犯人じゃないって思うわけ？」と、ノートを覗き込みながら、佐々美。

「例の『井』のメッセージですよ。もしあれが告発メッセージなら、犯行を目撃した人が残したもののはずじゃないですか。でも、最後に入った井角さんが犯人だとすると……」

なるほど、と都久音は会話に注意を戻す。この順番だと、井角あいみを告発できる人はいない。

「一応、井角さんが自分で『井』のメッセージを残した——つまり『井角さん自作自演説』も考えられるけど、それはさすがに自分が疑われるだけで、何のメリットもないですしね。単に長谷川さんへの嫌がらせが目的なら、作品を壊した時点ですでに達成しています」

「でも……」

と、桃が怪訝そうな顔で、

「これだと、みんな前の人とは間隔をあけて入っているから……そもそも誰も、ほかの人の犯行は『目撃』できないですよね」

「ああ……うん」と、木暮は眼鏡に指をやって、「君、鋭いね」

あ、いえ、と、桃は妙に照れる。

「その指摘はその通り。けど、犯行は直接『目撃』できなくても、前に入った人が犯人だ、って勘づく方法はあるよ。ヒントは——」

「あ、わかった」

珍しく、桃より先に佐々美が反応する。

「答えは、自分より前に入った人が、一人しかいないとき——つまり、井戸木さんが犯人で、木暮くんが告発者ってこと！」

「いえ、違います」

呆気《あっけ》なく否定されて、決めポーズで木暮を指差した佐々美が羞恥顔で場を持て余す。——本人を目の前によく言えるなあ。

「目の付けどころは悪くないですが……ヒントは、僕たちが書道部ってことです」

書道部？　いったいそれに何の関係が？

「あっ、そうか」

考えていると、やがて桃がぱっと顔を輝かせた。

「もしかして、墨汁？」

「正解」

木暮が微笑む。

「あの壊された作品には、墨汁がかかっていた。墨の扱いに慣れた僕たちなら、その墨の乾き具合で、犯行後どのくらいの時間が経《た》ったかおおよその見当がつく――逆に言えば、この流れの中で告発者が犯人を特定できるのは、まだ墨があまり乾いていなくて、すぐ直前の人がやったって判断できる場合のみなんだよ」

そっかあ、と桃が感心したように頷く。自分と対等以上に頭が切れる相手に巡り会えて、桃はどこか嬉《うれ》しそうだ。不甲斐《ふがい》ない姉たちで申し訳ない。

桃と木暮の会話は弾む。

「だとすると……告発者のあとから来た人が、さらにメッセージを書き替えた、って可能性も低いですか？」

「そうだね。この墨汁のタイプだと、この時期は墨がだいたい半乾きになるまで二十分から三十分前後、完全に乾くので一時間。だから二人あとの人が来たときには、もう墨は乾き切っていた。そこで串をいじれば、剝がれた墨の痕跡が何かしら残ったはず」

「作品を壊した人と、墨汁をかけた人が別ってことは？」

「作品は墨汁の容器と絡み合うような形で落ちていた。だから墨汁は意図的にかけたというより、床に叩きつけたときに偶然一緒に落ちて、それでかかってしまったという可能性が高いね。つまり作品を壊したタイミングと墨汁がかかったタイミングは、一緒ってこと。そこは同一人物だと考えていいと思うよ」

「そうか……。あとちなみに、ほかの人が、作品が壊されていたことに気付かなかった理由は

「……」

「単純に、保管棚に用がなかったからじゃないかな。準備室の出入り口は美術室のベランダ側と廊下側の二か所にあって、保管棚は廊下側にあったけど、僕たちはベランダ側のほうを使ってたから。準備室の中には邪魔なダンボールとかが積みあがっていたから、用がないのにわざわざ廊下側まで行かないよ」

打てば響くような調子で議論が進む。――これってもう、この子たち二人にまかせておけばいいんじゃない？

「ところで……あの『井』の字と墨の跡について、私ちょっと気付いたことがあるんですけど」

桃が打ち明け話のように囁《ささや》くと、木暮はうん、と頷いて眼鏡を中指で押し戻した。

「あのバランスは、ちょっと不自然だよね」

「やっぱり」桃は嬉しそうに、「私も、そう思います！　だって告発者は一度、犯人の名前をちゃんと書いたはずだもん！　なのに、なんでわざわざそれを消して、漢字の『井』だけ残したんだろう？」

「わからない……けど」木暮は少し口元を緩めて、「僕もそこに、犯人や告発者を特定するヒントがある気がするよ」

「ですよね！　……あのう、もしよかったら、あとで連絡先を教えてくれませんか？　何か気付いたら、報告しますので」

「もちろん」

初対面なのにずいぶん意気投合している。話が円滑に進むのはいいが、いきなり出てきたよその子に妹をとられたようで、ちょっと悔しい。

そこでふと、木暮学太が神妙な顔をして言った。

「ちなみに君は、飾りが消えた穴のことは気付いている？　あの穴には、底まで墨が垂れてなかったんだけど……」

「え？　飾りって、あの作品についていた飾りですか？　なくなってるんですか？」

「あ、いや……気付いていないなら、いいんだ」

木暮が首を振り、にっこりと笑う。その笑顔に、お、と都久音は目を留めた。先ほどまでの険が消えて、中学生らしいあどけない笑い方をしている。桃と阿吽《あうん》の呼吸のやり取りをしているうちに、機嫌が良くなったのか。

佐々美があくびを噛み殺しながら言った。

「盛り上がっているところ悪いけど……今の話で結局、何がわかったの？」

「ううん。何も」と、桃は首を横に振る。「あのとき準備室に出入りした全員に、犯人か告発者の可能性がある、って確認できただけ」

長い議論のわりには、話が一歩も進んでいない。

「でもまあ、順番から言って井角あいみさんは犯人じゃないし、井戸木生真子さんも告発者じゃないのかな。かといって、詩緒お姉ちゃんの親友の井戸木生真子さんが、犯人とも思えないし」

「じゃあ、二番目の木暮学太くんが犯人で三番目の井手走華さんが告発者か、三番目の井手走華さんが犯人で四番目の井角あいみさんが告発者――ってこと？」

ノートを見ていた佐々美が、当人たちを前に無遠慮な発言をする。

「いえ。僕はしませんよ。そんな子供じみた嫌がらせ」

「私だって……。私、長谷川さんとは直接面識ないですし。それに木暮を告発するなら、『木』って書くんじゃないですか、普通」

当然のごとく二人から反撃の集中砲火を浴びる。佐々美はしばらく黙って耐えていたが、やがて拗《す》ねたように口を尖らせ、言った。

「じゃあ、もう何もわからない」

子供か。唖然《あぜん》とする中学生たちを前に、これ以上大人げない身内の恥をさらすまいと、都久音は慌てて話題を変える。

「でも、井手さんは直接面識はなくても、詩緒ちゃんのことは知ってますよね？」

「え？　何でですか」

「井戸木生真子さんが言ってたんです。井手さんが学校で詩緒ちゃんのこと、よく見てるって」

「ああ、それは……」井手走華は少し顔を赤らめ、「別に変な意味じゃないです。これ、たぶん向こうは知らないと思うから、内緒にしてほしいんですけど……。

実は、私の今の父親、昔、長谷川さんの母親と付き合ってたらしいんです。それを私の母親が、横から奪ったっていうか――だから、もし彼女がこのこと知ったら、私のことどう思うんだろうって、ついそんなことを思って、見ちゃうんです」

彼女は知っていたのか。井角あいみの話では詩緒の母親が奪おうとしたというニュアンスだったが、そのあたりは見方によるのかもしれない。少なくとも、長谷川詩緒と井手走華双方の母親の間で、そういった男女の揉め事があったのは事実のようだ。

「だから、私が彼女を好きとかってことではないです。私、性格が男っぽいんで、どちらかというと女子のドロドロした部分が苦手で……。うちの母親を見てても、女って姑息《こそく》だな、って思うし。平気で嘘つくし、相手によってコロコロ態度を変えるし、自分のためならいくらでも他人を利用するし」

「マイカ先生が来るまで、かなり女子に壁を作ってましたよね、先輩」

木暮学太が揶揄《からか》うように言う。井手走華はそうだね、と素直に頷くと、照れ笑いの表情でマイカ先生を見て、言った。

「マイカ先生のおかげで、女子への苦手意識がようやく消えました。親のことを吹っ切れたのも、あいみに字を教える気になったのも、先生のアドバイスがあったからだし。マイカ先生は、別格です」

6

「なんか……やたら惚《ほ》れたの腫れたのが、多い話だったわね」

湯気の立つどんぶりを前に、佐々美がぐったりした口調で呟く。

商店街の不人気ラーメン店、「ラーメン藤崎」。始終閑古鳥が鳴いていて暇なせいか、店主は新作メニューの開発に熱心で、都久音たちもその試食にたびたび協力していた。今回も生徒への聞き取りを終え、マイカ先生とも別れた帰宅途中、商店街で待ち構えていた店主に呼び止められたのだ。

ちょうど小腹も空いていたし、今日の話を整理するにはいいタイミングだったので、都久音たちは二つ返事でOKした。普段は時間がかかるのだが、今日はカウンターに着くなりものの数分でラーメンが出てくる。どうやら今度の新作は細麺らしく、茹《ゆ》で時間が短いらしい。

「今回のスープのポイントは、ホタテの干し貝柱」店主が腕組みしながら、自信満々の笑顔で言った。「ダシはそれ一本よ。ほかにスルメだの干しエビだのごちゃごちゃ入れると、味が濁るからな。入れた意味は、グル、グルタ……なんかよ、それ入れると、すっげえ旨味《うまみ》が出んのよ。イノシシとの相乗効果ってやつで」

「へえ……」

イノシシの肉も入っているのだろうか。なんだかんだ言って、この人も勉強してるんだなあ……と都久音は少々見直したが、ただいかんせん、肝心の味があまりピンとこない。

「ねえ、都久音」

今作のもう一つの目玉らしい、塩クラゲの具を怪訝そうに箸で摘まみ上げながら、佐々美が言う。

「『惚れた腫れた』の『惚れた』はともかく、『腫れた』って何だと思う?」

「知らない」

反対側では、桃がラーメンそっちのけで学習ノートに何やら書き込んでいた。木暮との会話が刺激になったのか、いつもより興奮気味で、すごくやる気を出している。

「ねえ、都久姉ちゃん、佐々姉ちゃん。ちょっとこれ見て。今日の話をまとめてみたんだけど」

【作品を壊す理由】

・井角あいみさん → 詩緒お姉ちゃんへの嫉妬。
・詩緒お姉ちゃん → 井角あいみさんを嵌めるため。
・井戸木生真子さん → 詩緒お姉ちゃんへの不満？
・井手走華先輩 → 不明（母親同士が恋敵）。
・木暮学太さん → 不明。

【準備室の出入りの順番】

・詩緒お姉ちゃん、井戸木生真子さん（最終チェック） → 井戸木生真子さん →
木暮学太さん → 井手走華先輩 → 井角あいみさん

※時間は約三十分間隔で、それぞれ入っていたのは長くて十分程度
※詩緒お姉ちゃんがチェックしたのは名前の練習中、井戸木さんたちが準備室に
出入りしたのは書道パフォーマンスが始まってから
※墨の乾き具合から、告発者は犯人の次に入った人の可能性大

【相関図】

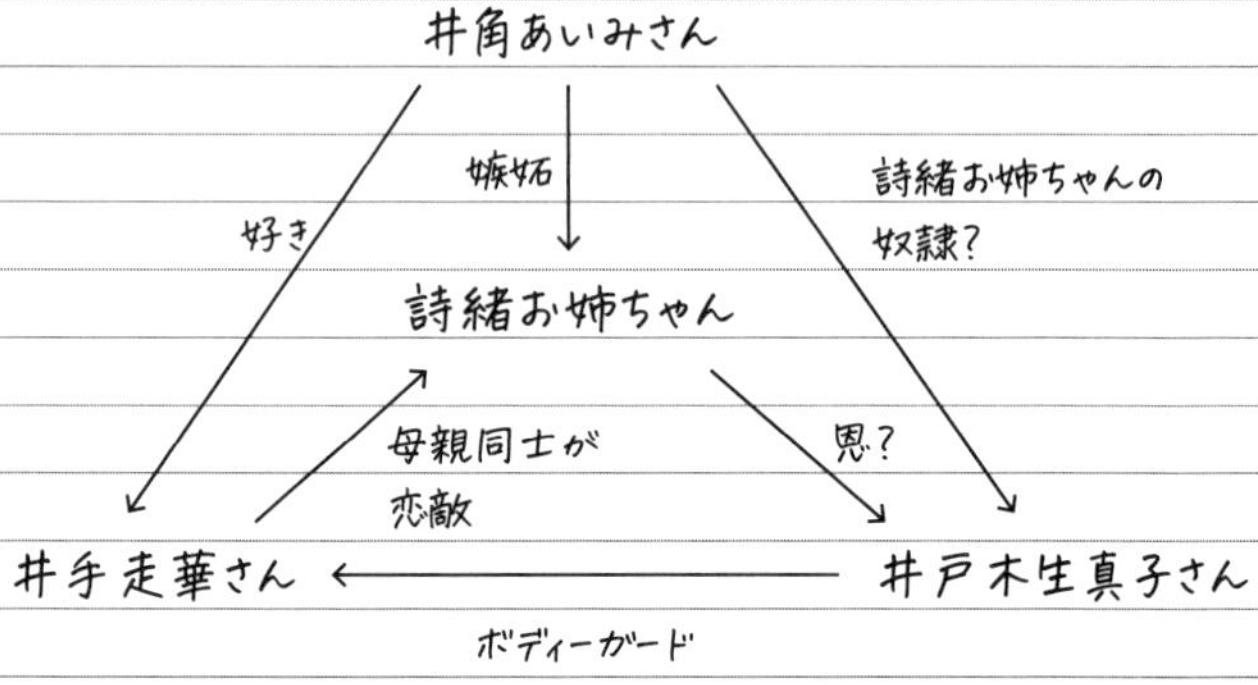

木暮学太さん…字を教える役
マイカ先生…みんなのアイドル

覗くと、丁寧な字や矢印で、話の要点が簡潔にまとめられていた（図「相関図」等参照）。

佐々美が塩クラゲをクニクニと嚙みつつ、じっとノートを見て言った。

「ずいぶん綺麗に書くね。桃のノートって、もっと汚くなかったっけ？『書くより覚えることのほうが大事』とか言って」

「え？　あ、えっと、その――」

かあっと、桃の顔が赤くなる。おやあ？と都久音はその慌てぶりを興味深く見守った。

どうやらあの少年――木暮学太を意識しているらしい。連絡先も交換していたし、影響を受けたのはノートの書き方だけではなさそうだ。

「まあ、それはどうでもいいか。……こうしてみると、やっぱり井角あいみさんが一番怪しいよね」

自分で良いパスを出しておきながら、戻ってきたボールを豪快にスルーする姉。桃はほっとした顔を見せつつ、

「う、うん――でも、井角さんが犯人だとすると、告発する人がいないよ。木暮さんが言った通り、自分で『井』のメッセージを残すメリットもないし」

「じゃあ、井手走華さんは？」都久音は内心舌打ちしながら、「『母親同士が恋敵』っていうのは、一応動機になるんじゃない？」

「でも、その恋争いに勝ったのは、井手先輩のお母さんのほうじゃん。詩緒お姉ちゃんが恨むならともかく、井手先輩が嫌がらせする理由にはならないよ」

「わかった」佐々美がふと天啓でも受けたように、「犯人は、木暮くんだ」

「どうして？　お姉ちゃん」

「だって、まったく理由がなくて怪しくないっていうのが、逆に怪しくない？」

「それ言っちゃうと、永遠に議論が終わらないけど……」

「木暮さんは、絶対に犯人じゃないと思う」桃が少し怒ったように、「ただ、木暮さんが実は告発者で、自分が告発したってバレたくないから、知らないふりを装ってるってことはあるかも。その場合、犯人は井戸木さんってことになるけど」

するとそこで、ガラリと入り口の戸が開いた。

「へい、らっしゃい！　……おっと、おばちゃん」

条件反射で声を張り上げた店主が、ふと表情を和らげた。

都久音たちも振り返り、あっと思わず声を上げかける。

入ってきたのは、涼しげなサマージャケットを着た、年配の婦人だった。商店街でもやや異彩を放つ高級宝石店、「ジュエリー神山」のオーナー――神山園子だ。

「おや。今日も珍しく客がいると思ったら、アンタらかい」

神山はこちらを一瞥《いちべつ》するなり、酒焼けした声で言った。ついで都久音たちが食べているラーメンを覗き込み、怪訝な顔をする。

「坊《ぼう》、それは？」

へへっ、と、店主が人差し指で鼻の下を擦《こす》る。

「うちの新作メニュー、『塩クラゲラーメン』っすよ」

「へえ。珍味っぽいじゃないか。今度のは当たるといいね」

「でしょう？　ついでにおばちゃんも、一杯どうよ？」

「遠慮しとくよ。さっき知り合いのところで、お茶に呼ばれたばかりだから」

神山はあっさり断ると、「ところで、坊。ほら、例のやつ」と、店主に何かを催促する。すると店主は「あ、いけね」と頭に手をやり、慌てた様子で店の奥に走っていった。

どうやら神山は食事ではなく、別の用事で来たようだ。店主を待つ間、神山はどっこらせ、とカウンターの端の席に腰を下ろす。隣に座る桃はやや居心地悪そうに背中を丸めて、ずずっとラーメンをすすった。それを横目で見つつ、神山が話しかけてくる。

「……鳴かず飛ばずのこの店に比べて、アンタらは繁盛してるみたいだね。実家の串刺し屋も、副業の探偵屋のほうも」

「おかげさまで、名探偵三姉妹としてご近所中に紹介いただきまして」

佐々美の皮肉に、神山は愉快そうにゲラゲラ笑う。

「紹介料はいらないよ。ま、どうやらアンタらは、少しばかり勘が鋭いようだから。その力を、ちょいと商店街の連中に役立ててやっても罰は当たらないだろうと思ってね。

それに長女のアンタは、どうせ職にあぶれて暇を持て余してるんだろ？　だったら慣れない男漁りなんかするより、そうやって人様の役に立ってたほうが、アンタらしいってもんじゃないのかい。人の縁なんて、どこに転がっているかわからないもんだしね。そうして徳を積んでりゃ、聖天さまの覚えもめでたいだろうよ」

佐々美がゴホッとむせた。塩クラゲが半分飛び出た口で、おそるおそる訊き返す。

「もしかして……長谷川さんから聞きました？　食事会のこと」

「人の口に、戸は立てられないからね」

さすが地獄耳である。神山は口こそ悪いが面倒見のいい性格で、商店街のご意見番として地元住民の信頼は厚い。

「そういやアンタら、今度はあの楽器屋の娘が絡んだ事件を、調べているんだって？　そりゃあぜひ、お手並み拝見といきたいね。あのコンクールには、うちの商店街も一枚噛んでいることだし」

そういえば、ぎんなみ商店街もスポンサーなんだっけ。事件のことは、やはり詩緒の母親から聞いたのだろうか。

そこでおもむろに、神山が桃のほうへ身を乗り出した。桃が広げているノートを覗き込み、

「この井角あいみって子なら、知ってるよ。羊の角みたいな髪型をした、女の先輩の尻ばかり追い回している子だろう。ああいう子は思いつめると何をしでかすかわからないから、ちょっと要注意だね。

「ふうん」と顎に手をやる。

この井手走華って子の母親は、あれかい。楽器屋のシングルマザーと、男を取り合った女かい。あの女は嫉妬深いわ小狡《こずる》い手を使うわで、まあろくな女じゃないね。父親も何かと子供を折檻《せっかん》するようなろくでなしだし、この走華って娘はたまったもんじゃないだろうね。

こっちの井戸木生真子って子は……まあ、クソがつくほど真面目だよ。ただ、真面目な子ほど、タガが外れると反動で突っ走っちまう、ってのが相場でね……」

まるで見てきたように言う。中学生との接点などあまりなさそうだが、いったいどこから情報

を仕入れてくるのだろうか。情報通もここまでくると、感心を通り越して恐怖さえ感じる。

「……そんなに教えてくれるなんて、今回はやけに親切なんですね」佐々美がやや顔を引きつらせつつ、皮肉めかして言った。

「なんだい。人聞きが悪いね」神山は少し顔をしかめて、「私は基本、誰にでも親切だよ。店の客は無料で占ってやったりもしてるしね。ま、このあいだの袴田さんの事故のときは、保険のこともあったから。アンタらのこともただの野次馬くらいにしか思ってなかったし、老婆心で『あまり首を突っ込むな』って忠告してやっただけさ。でも今度のは、解決してくれなきゃ困るんだよ」

「困る？　神山さんが？」

「ああ。いや……」

神山はスッと表情を消し、

「うちの商店街が、って話。地元でこんなゴタゴタが続いてちゃ、外聞が悪いだろ。お役所連中にも釈明が必要だし」

どこか歯切れが悪い。どういうことだろう、と都久音が考えているうちに、やがて藤崎が「あったあった」と大きな封筒を手に戻ってきた。神山は封筒を受け取り、中を確かめる。

「書き損じはないようだね。じゃあ坊、この件はまた後で連絡するよ。それじゃあ、お先に、名探偵三姉妹。事件の解決、よろしく頼むよ」

神山はこちらにそう一声かけて、そそくさと暖簾をくぐって出て行った。

7

「──なんで、神山さんが困るんだろうね」

「さあ……」

ラーメン店を出て、家に向かう途中。仕事帰りに食事を求める人の流れを避けつつ、佐々美が思い出したように呟き、都久音は曖昧《あいまい》な返事をする。

桃はあれから、ずっと考え込んでいた。都久音たちの少し前を俯《うつむ》きつつ歩きながら、ああでもない、こうでもないとぶちぶち呟いている。

「……やっぱり気になるのは、なんで告発者は、一度書いた字をわざわざ消したのか、ってことだよね」

桃がもう何度もループしている疑問にまた舞い戻る。

「ただの書き間違い？　でもそれだったら、単に串を置き直せばいいだけだし。漢字がわからなかった──ってこともないよね。だってあのグループは、自分の名前を練習するために集まったんだもん。お互いの苗字は見て知っているはずだよ」

「途中で気が変わったんじゃない？」と、佐々美。「最初は犯人を告発しようとしたけど、やっぱりかばうことにした、とか。なんかそこにはやむを得ない事情があって──」

「にしても、中途半端」桃は小石を蹴りつつ、「それだったら、ちゃんと全部名前を消せば──ん？　やむを得ない事情？」

桃が、ぎゅっと両手で自分のツインテールをつかんだ。

「そうか。もしかして告発者は、犯人の名前をわざと書かなかったんじゃなくて、書けない事情があったってこと?」

「犯人の名前を……書けない事情?」

「うん。意図的じゃなくて、そうするしかなかった、ってこと」

「でも、どの名前も串は足りてたんでしょう?」都久音は首をひねる。

「んー、そういう物理的な意味じゃなくて。もっとこう、言葉遊び的なものというか、漢字クイズ的なものというか。たとえば、その字を書くと違う単語に見えちゃうとか、書き方で書き手が誰かわかっちゃう、とか」

「つまり……具体的には?」

「そこまでは、まだ。何も思いついてないけど」

なんとも漠然としている。その字を書くと違う単語に見える……カタカナの「イ」と「ヒ」で漢字の「化」に見える、みたいな意味合いだろうか。そんな部首の組み合わせ、あの子たちの苗字にあったっけ?

そこでぷうんと、醤油《しょうゆ》ダレの香ばしい匂いが漂ってきた。

商店街の途中の路地、「ぎんなみ飲食街」という御大層なアーチを掲げた通りにある店が、都久音たちの実家である。居酒屋形式の串焼き店だがテイクアウトもやっていて、その店頭の窓口では、行列客にはきはきと応対する割烹着姿の母親が見える。

「すみませんねえ。今日はソリ、売り切れちゃって……」

一人の客に、ショーケース越しに申し訳なさそうに頭を下げていた。ソリは人気商品で、仕入れ自体が少ないこともあって、閉店前に売り切れることが多い。

桃が、非難がましい声で佐々美に言った。

「あーあ。佐々姉ちゃんが使っちゃったから……」

「あれは、三日前の話でしょ」

ということは、三日前は姉のせいで食べそびれたお客さんがいるんだな。名も知らぬ不運な客に心中で謝罪しつつ、都久音たちは店舗兼自宅の裏口へと回る。

逆さまに積み重なったビールケースの横を通り裏門の鉄柵を開けようとしたとき、ふと頭に電流のようなものが走った。

待って。

そういえば、あのとき姉がソリを勘違いした理由って――。

「どしたん？　都久姉ちゃん」

桃が訊ねる。都久音は黙って口に握りこぶしを当てた。振り返り、ひっくり返ったビールケースの山を見つめる。

「もしかして、告発者が苗字を全部書けなかった理由は……」

8

十曜日の午前、都久音たち三姉妹は河原《かわら》にいた。

ぎんなみ商店街に沿うように流れる、天ツ瀬川《あませがわ》。その河原は遊歩道や多目的広場として整備されていて、春は枝垂桜《しだれざくら》の花見、夏は釣りやバーベキュー目当ての人で賑《にぎ》わう。

またここは、人気のランニングコースでもある。川べりではランナーが絶え間なく行き交い、周囲のベンチにもトレーニングウェア姿でくつろぐ人々の姿が目立つ。

その遊歩道沿いに設置された休憩所で待っていると、やがて土手の上に、涼しげなノースリーブの女性が現れた。

「——マイカ先生！」

都久音は手を上げる。先方はこちらに気付くと手を振り返し、日傘をくるくる回しながら土手を降りてくる。

「すみません。こんなところにお呼びしてしまって」

「いいえ、全然」マイカ先生は笑顔で日傘を畳むと、少し声を潜めて、「犯人がわかったというのは、本当ですか？」

「はい。たぶん」

「今ここにいるのは私だけのようですが——うちの生徒たちは？」

「呼んでいません。まずは先生に、お話しするべきかと思って」

「ああ、それはいい判断ですね。みんなの前で犯人だと言われたら、その子が可哀《かわい》そうですし」

「それもありますが……ひとまず、お座りください」

ベンチを勧める。マイカ先生は座ると、「あ、これ、自由に飲んでください」と、買ってきたドリンクの入った袋をテーブルに置いた。ありがたい。

「それで……犯人は、誰だったんですか？」

ジャスミンティーのペットボトルを開けながら、マイカ先生が訊く。

都久音は景気付けにブラックの缶コーヒーを一口あおると、思い切って告げた。

「犯人はおそらく……井手走華さんです」


「井手さんが……？」

マイカ先生は考え込むように唇を突き出し、小首を傾げる。

「どうして、彼女が犯人だと？」

「例の『井』の字です。あそこには、一度名前を全部書いてから、わざわざ下の字だけ消したような痕跡がありました。なぜ告発者は、そんなことをしたんでしょうか？」

「さあ……。私には、たぶん途中で気が変わったんだろうな、くらいにしか」

「気が変わったのは事実だと思います。問題は、なぜ気が変わったかです。部員たちの出入りは各一回ずつ、長くても十分程度なので、もし気が変わったのならその短時間の間、まさに名前を書いた直後のことです。

筆跡を隠すために現場の串を即興で利用するくらい、冷静だった告発者のことです。もし犯人を告発するかどうかで悩むなら、それは名前を書く前の話でしょう。名前を書き始めたときにはもう、気持ちは固まっていたと思います。それに『犯人をかばいたい』といった心変わりが理由なら、どちらにしろ『井』なんて中途半端なメッセージは残さなかったはずです。

冷静で、ある程度覚悟を持って名前を書いたはずの告発者が、名前を書き上げたとたん気が変わり、慌てて下の字を消す……そんな行動をとるのに、いったいどんな理由があると思いますか？」

「さあ……。想像もつきませんが……」

「では」都久音は立ち上がりつつ、「実際に、書いてみましょう。百聞は一見にしかず、です」

そう言って都久音は、バッグからあらかじめ実家から持ってきた竹串を取り出し、足元の地面に並べ始める。

「見てください。井手走華さんの苗字は、串だとこんなふうに書けます」

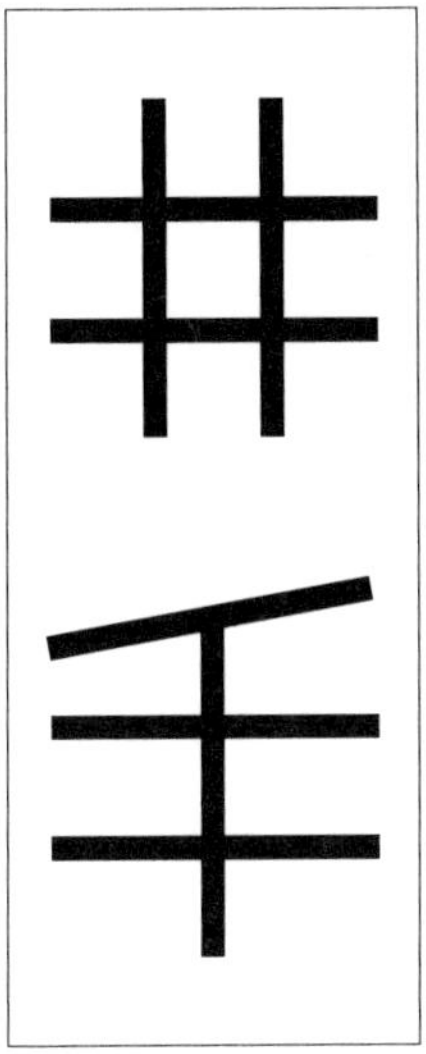

「はあ……」
「気付きませんか？　じゃあ、マイカ先生。ちょっとこっちに」
先生の手を引っ張り、今と反対の位置、文字の頭側に立たせた。
逆《さか》さから文字を見たマイカ先生は、大きく目を見開く。

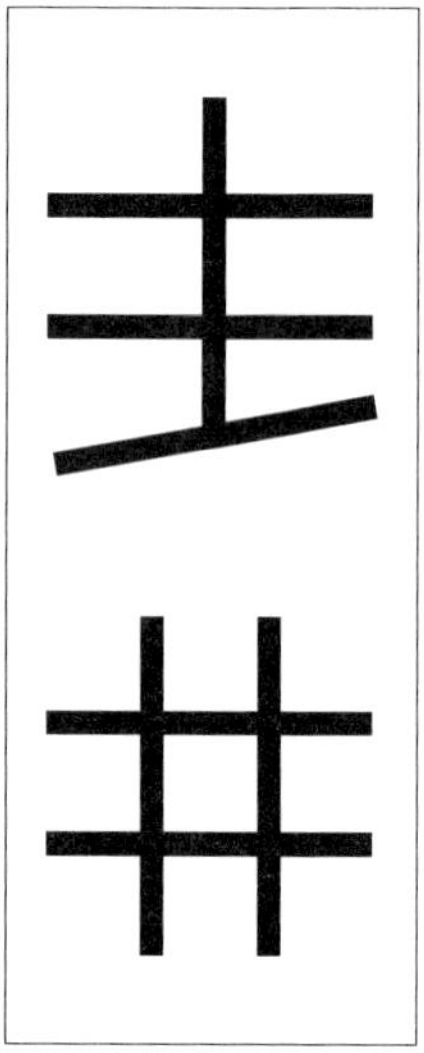

「もしかして……私？」

「はい。最初は犯人の名前のつもりで『井手』と書いた告発者は、あとから振り返って見直したときに、それが『主井』とも読めてしまうことに気付いたんです。

それで慌てて『手』の字を消しました。先生は学校中の人気者ですし、先生が犯人扱いされたら騒ぎが大きくなってしまいますから。これがほかの人の名前——『井角』や『井戸木』、『木暮』なら、少なくとも書き終えたあとに別の言葉に見える、といったことはありません。この状況で唯一、書き終えた後に問題があったことに気付くのは、『井手』だけなんです」

——着想のきっかけは、例の「ソリ丼」だ。

佐々美は自分の勘違いに、「棒のような字で」かつ「逆さまから読んだ」から、「ソリ」が「ソン」に見えた、と言い訳していた。これも同じ。もしこのメッセージが手書きで、もっと丸みを帯びた線だったら、こんな読み違いは起きなかったに違いない。直線の串で書いた文字だったからこそ生じた、「二重の読み」だったのだ。

「だとすると、この告発メッセージを残したのは……」

「順番から井角あいみさん、ってことになりますね。井手走華さん自身が書いたのでなければ」

「でも、彼女は井手さんを慕っていたんじゃ？」

「それは確かに、そうなんですが……」

都久音の歯切れはそこで悪くなった。この推理に一つ難があるとすれば、そこだ。メッセージから犯人を推理できても、肝心のメッセージを残した告発者の動機が、わからない。

マイカ先生は人差し指を頰に当て、視線を落として考えこむ。

「……まあ、好きだったからこそ、犯行を目撃したときの幻滅も大きかった、ってことかもしれませんね。もし本当に井角さんが告発者なら。でも――だとしても、井手走華さんを犯人とする証拠としては、まだちょっと弱くないですか？　これだけだと、なんとでも言い逃れされてしまいそうな……」

「かもしれません。だからマイカ先生には、ちょっと協力してほしくて」

「協力？」

「もし都久姉ちゃんの、推理が正しかったら」と桃。「告発者の井角あいみさんに証言してもらうよう、説得できると思います。井角あいみさんは自分が疑われるリスクを冒してまで、『手』の字を消しました。つまり、それだけ先生に迷惑を掛けたくなかった、ってことです。だからマイカ先生が、この件で学校を辞めさせられそうになっている、とか聞けば――」

「ああ、なるほど」マイカ先生が、ポンと手を叩く。「事件を解決するために、井角さんも井手さんが犯人だと証言してくれるかもしれませんね。それで私に先に相談したってことですか。わかりました、協力しましょう。ではいったい、私はこれから何を──」

「その必要は、ないです」

急に声がした。驚いて振り向くと、いつの間にか休憩所の柱の陰に、青いトレーニングウェア姿の人影が立っている。ランニングをしていた一人だ。

「……井手さん」

マイカ先生が驚き顔で呟いた。

「どうして、ここに？」

「ここ、私のランニングコースだから」

井手走華はフードを下ろしながら、

「走っている途中で、先生たちの姿が見えたんです。それで、ピンと来て──お姉さんたち、すごいですね。もし当てるんなら、絶対木暮のほうが先だと思ってたけど」

井手走華は冷ややかに笑うと、休憩所のベンチにどっかり腰を下ろした。ドリンクに目を留め、

「これ、もらっていいですか？」と一言断りを入れて、スポーツドリンクを一本つかみ取る。

「……どうして、井手さんが？」

都久音が訊ねると、井手走華はスポーツドリンクを飲んでふうと一息つき、答える。

「親に、命令されて」

「……やっぱり、お母さんに？」

「いいえ、父親です。でも、仕方ないじゃないですか。あいつの言うこと聞かないと、私ばかりか

弟まで殴られるんだし」

——父親？

意外な返答だった。え？　だって、井手走華の父親は、詩緒ちゃんのお母さんの昔の恋人で——いや、待って。殴られる、ってことは——。

「そうですよ」と、井手走華は心を読んだように、「私の今の父親と、長谷川さんに昔ＤＶしていた男は、同一人物。私の母親が横取りした、楽団の男です」

えっ、と思わず声が出る。桃の目が点になり、マイカ先生が口に手を当てた。佐々美は理解が追いつかないのか、一人変わらぬ表情のままコクコクと乳酸飲料を飲んでいる。

「もちろんうちの母親は、そんな最低な男って知ってて奪ったわけじゃないと思うけど。あいつ、外面はいいし、長谷川さんの母親も、ＤＶのことは周りに隠してたみたいだから。

どうやらあいつ、長谷川さんの母親と別れるとき、警察やら裁判やらで、だいぶプライドを傷つけられたみたいで。そのことをずっと恨んでいて、嫌がらせをしたかったみたい。まあ、ほかにもごちゃごちゃ言っていたから、別の理由もあるかもしれないけど」

そういう繫がりだったのか。都久音の頭の中で、ずれていたピースがぱちんと嵌《はま》る。事件の背景にいたのは、長谷川詩緒の母親でも井手走華の母親でもなく、その両者を繫ぐ父親だ。親が音楽家なのに彼女が書道の道に進んだのも、父親への反感からか。

「えっ？　あっ、じゃあ——もしかして、昔詩緒ちゃんをいじめてた人って、今の井手さんのお父さん？」

佐々美が周回遅れで話に追いついた。井手走華は一瞬ぽかんと佐々美を見つめて、やがて毒気を抜かれた顔で、「そうです」と微笑む。

それからベコンとペットボトルを握り潰し、絞り出すような声で言った。

「でも、私——本当はあいつの言うことなんて、聞く気なかった」

「じゃあ、どうして？」

「……曲が」

「曲？」

「あの子——長谷川さんが、作品の最終チェックに来たときに、試し弾きの曲が聞こえたんです。最初はずいぶん陽気な曲だな、くらいにしか思わなかったんですけど、途中でふと、あれ？　この曲、どこかで聞いたことあるな、って気付いて……」

「それって、例のココナッツの？」

「はい」

井手走華はタオルを首から外して、そこに顔を埋《うず》める。

「すぐに、思い出しました。あの男が新しい父親になった、すぐあとのことです。家族で初めて商店街で買い物しているとき、長谷川さんたち親子とすれ違ったんです。

そのときの、母親の勝ち誇ったように相手を見る目が、もう嫌で嫌で。そのころ私はまだ小学生で、浮気とかはよくわかりませんでしたけど、母親の日頃の発言や向こうへの態度から、この新しい父親はもともとあっちの父親なんだ、ということを何となく理解していました。なので、向こうの女の子を見て、私たち、この子のお父さん奪っちゃったんだ——って思ったら、子供心にすごく申し訳ない気持ちになってしまって。

だから、迷子になったふりをして家族と別れて、一人で長谷川さんたちのあとを追いかけました。一言だけ、『ごめんなさい』って謝りたくて。それで走って追いついて、勇気を出して声をかけようとしたら……ふと耳に、二人がとても楽しそうに歌っているのが聞こえてきたんです。それが、あの曲でした。それが本当に明るい歌声だったんで、あれ？　って思ったんです。二人とも、そんなに気にしてないのかな？　って。それでそのまま、黙ってその場を離れて――それ以来、ずっとそのことは忘れてたんですけど」

唇の片端が、つうっと吊り上がった。

「あの美術室でそれを思い出したとき。ふと、気付いたんです。もしかして、うちの母親は奪ったんじゃなくて――押し付けられたんじゃないかって」

冷めきった声だった。夏だというのに寒々としたものを感じて、都久音はつい二の腕をさする。

「それってつまり……詩緒ちゃんのお母さんが、自分が相手と別れるために？」

井手走華は頷く。

「商店街のときは、まだあの男の本性を知らなかったので、そんなこと一ミリも思わなかったけど。でも、今ならわかります。きっとあの母娘《おやこ》は、あの男の手から一刻も早く逃れたかったんだ。それにまんまとうちの母親は乗せられて――。

確かにうちの母親、性格悪いし、見栄《みえ》っ張りだし、人の彼氏を平気で横取りするような女だから、自業自得って言われたらそれまでだけど。でも、そんな母親の性格まで計算に入れて、利用されたんだって思ったら、自分でもよくわからない感情が、カアッと込み上げて来て――」

――それでつい、作品を、壊してしまった。

「理由は、それだけです。長谷川さんには、本当に悪いことをしたと思ってます。それは素直に謝ります。だって彼女は何一つ悪くないんだし。

結局あの父親の思い通りになってしまったことも、すごく悔しいです。ただ……正直に打ち明ける勇気が、どうしても湧かなくて。初めは今みたいに考えの整理もつかなかったし、彼女はこっちの父親のことは知らないようだから、もしかしたら話さないほうがいいのか、とか、いろいろ考えました。

そこにあの『井』の字のことも加わって。頭の中がぐちゃぐちゃで、もう、なるようになれって……」

井手走華が立ち上がる。都久音の正面まで来て、足元に置かれた竹串を見下ろし、ハハッと嫌な笑い方をした。

「でも、これで『なるようになり』ましたね。わかりました、長谷川さんには私から直接謝罪します。でも……わがまま言ってすみませんが、少し時間をくれませんか？　まだ自分の中で、いろんな感情が消化しきれてなくて……」

と、そこで、いきなり彼女がはっと後ろを振り向いた。タッタッタッタと軽快な足音がして、ピンク色のジャージを着た女性がランニングコースを走ってくる。

井手の顔に緊張が走る。弾む呼吸とともに横を駆け抜けていったのは、三十代くらいの見知らぬ女性だった。井手の肩がふうと脱力したように落ちる。井角あいみと勘違いしたのか。

「……結局、あいみも私の敵だったんですね」

井手走華は少し寂しそうに笑うと、足元の串文字を見下ろし、表情を曇らせてつま先で蹴散らした。かと思うと、急に立ち眩《くら》みでもしたかのようにしゃがみ込み、膝を抱えて苦しそうにえずく。

「――吐き気がする。人間なんて、みんな根っこは同じ。誰も彼もが、自分のことばかり考えて。嫌な役回りや損なことは他人に押し付けて、自分だけ幸せになろうとするんだ」

9

夜の銀波寺は、参拝客でにぎわっていた。

この週末は、一年に一度、本尊の仏像を御開帳する日だ。境内はお年寄りや親子連れの人出で溢《あふ》れ、夜店からは焼きそばやお好み焼きの香ばしい匂いが立ち昇る。

「日本のガネーシャ様は、イケメンだねー」

本殿で十一面観音菩薩《ぼさつ》像の御尊顔を拝見後、マイカ先生がしみじみと言った。

「ガネーシャ様？」佐々美が訊き返す。

「ここの聖天さまのことです。もともとは、ヒンドゥー教のガネーシャ様って聞きました。タイでもガネーシャ様は人気ですが、こんなにイケメンじゃないです。象の頭をしてて、ピンク色で」

「ピンク色？」

ずいぶん浮ついた神様である。

「そういえば、お母さんが言ってた」佐々美がふと、思い出した顔で言った。「秘仏のほうの聖天さまは、象の頭をしてるって」

「秘仏？」

「うん。今日見たご本尊以外にも、もう一つ仏像があるらしいんだけど。そっちは絶対に、一般の人は見ちゃいけないんだって。特に子供は」

そんな秘密が。いったいどんな顔なのか気になるが、聖天さまは怒らせると怖い神様だと子供の頃から刷り込まれているため、盗み見しようなどという悪気は起こらない。

「観音様って、実は性別がないみたいです！」

桃がここぞとばかり知識を披露する。「へえ」と、マイカ先生は優しそうに目を細め、さきほど買った大ぶりなたこ焼きを一つ、口に運んだ。

「ジェンダーフリーだねー」


――あのあと、都久音たちはマイカ先生と一度別れ、夜に再び銀波寺で顔を合わせていた。

いったん別れたのは、マイカ先生が午後に人と会う約束があったからだ。また井手とも少し話をしたかったらしい。犯人さえ見つかればあとは当事者たちの問題なので、都久音たちの出る幕ではない。どこか不完全燃焼ながらも都久音たちは了解し、ひとまず事件は解決したということで、一足先に帰ったのだ。

その後、マイカ先生からこの夜祭りへのお誘いがあり、再び合流したというわけである。ちなみに来たのは先生一人で、他の部員はいない。マイカ先生が誘ってくれた理由は、どうやら今回のお礼と事件の「厄落とし」を兼ねて、ということらしい。

参道の人混みを縫って歩いていると、突然「マイカせんせいー！」と、黄色い声を掛けられた。

振り向くと、少し離れた石垣の上で浴衣《ゆかた》姿の女子が数人、こちらに向かって手を振っている。銀波中学の生徒らしい。

マイカ先生が手を振って応えると、きゃーっと一際高い歓声が上がる。

興奮した生徒たちは、そのまま逃げるように走り去っていった。まさにアイドルだ。去り行く女子生徒たちを聖母の微笑で見送りつつ、マイカ先生は都久音たちにあらためて話しかける。

「ところで……ほかに食べたいもの、ありますか？　何でも言ってください。今回のお礼です。リリィの代わりに、ご馳走《ちそう》しますよ」

「リリィ？」

「私の伯母のニックネームです。百合《ゆり》が好きな人なので、私が名付けました。リリィは宝石の店をやってますけど、本当は花を育てるのも大好きなんです。名前が『園子』ですから」

え、と都久音たちの動きが止まった。

「もしかして……マイカ先生の伯母さんって、『ジュエリー神山』の、神山さん？」

「はい」

口があんぐりと開いた。またとんでもないところで、話が繋がった。

「今回の事件を相談したら、リリィがあなたたちを紹介してくれました。リリィはやっぱり人を見る目がありますね。私の尊敬する、大好きな伯母です」

驚愕《きょうがく》しつつも、なるほど……と理解する。だから、「解決してくれなきゃ困る」だったのか。どうりで生徒の情報にも詳しいはずである。しかしリリィ……本当にあだ名の付け方が適当だ。

「でも、本当にあれで解決したって言えるのかな」

桃が綿あめに顔を埋めながら、ふと呟く。

「井角あいみさんが告発した動機も、結局よくわからないままだし。詩緒お姉ちゃんが本当に井戸木生真子さんを奴隷扱いしてたかどうかも、はっきりしてないし……。私たち、余計なことを暴いちゃっただけ、って気も」

マイカ先生は「んー」と人差し指を下唇に当てた。

「そんなこと、ないと思いますよ。井手さんも、おかげで正直になれたって感謝してましたし。誰かに背中を押してもらわないとできないことって、あるじゃないですか。その一押しをしてあげたと思えば、いいんじゃないですか？」

「井手さん、あいみちゃんに裏切られて、かなりショックを受けてたよね。あのまま人間不信にならないといいけど」

佐々美が心配そうに言うと、マイカ先生はたこ焼きをもう一つほおばって、ふふっと微笑む。

「まあ――マイペンライ。それはきっと、何とかなります」

「マイペンライ？」

「タイの言葉です。日本語だと、大丈夫とか問題ないとか……。そういえば、昔、日本の友達が私に教えてくれました。それって日本語だと、私のことだって」

「マイペンライが、マイカ先生のこと？　性格が、ってことですか？」

都久音が首を傾げると、マイカ先生は自分の鼻の頭を指さし、悪戯《いたずら》っぽく笑った。

「『ま、いっか《マイカ》』、です」

「マイペンライ……いい言葉ね」

それ以来、そのタイ語は佐々美のお気に入りとなった。絶賛求職中の姉には精神安定剤としてちょうどいいのか、洗い物で皿を割ったとき、次の派遣先の話がお流れになったとき、昔の同級生の結婚式の招待状が送られてきたときなど、呪文のように唱えては日々平穏にやり過ごしている。

やや乱発するのが困りものだが、落ち込んでゾンビのようになった姉を見るより数倍いいので、寛容に受け流すことにしている。ちなみに桃は、あのとき連絡先を交換した例の秀才少年・木暮くんと今も交流があるそうだ。勉強にかこつけて嬉しそうにメッセージをやり取りしている様子が、初々しくて微笑ましい。

そして都久音はといえば——事件解決後、少し思うことがあり、高校の友人・万穂と梓を、実家の店に呼んだ。

「この鶏肉、美味《うま》いね」

ご馳走したい都久音と金は払うと言い張る万穂との妥協点で、特別サービス価格で提供された焼き鳥の盛り合わせをモリモリ食べながら、梓が言う。

「それ、ソリっていうんだ」

「ソリ?」

「鶏の太腿の、すごく美味しいんだけど、骨から外しにくい部分にある肉。フランス語の『ソリレス』っていうのが語源で、意味は『愚か者が残すところ』だって」

「え、フランス語なの? なんかフランスから、一番イメージが遠いんだけど」

梓が驚いて、ソリの串を頭上にかざす。

「愚か者が残すって、どういうこと？」

万穂が髪を後ろで縛って食事の体制を整えつつ、訊いてくる。

都久音は待ってましたとばかりに答えた。

「こんな美味しいところを残すなんて愚か者だ、ってことらしいけど……あのね、私思うんだ。この肉って、ちょっと外しにくい部分にあるって言ったでしょ？　だから、面倒くさいなあって思ったり、取りやすい大きな肉の部位だけに目が行ってしまう『愚か者』は、見逃してそれを残しちゃうんじゃないか、って」

そこまで話すと、一度ウーロン茶で喉を湿らせ、いよいよ本題に入る。

「だから……人間関係も、それと同じじゃないかな」

「人間関係？」

「うん。だって、嫌で面倒くさいことは他人に押し付けちゃったほうが、自分は楽でしょ？　でも、そういう簡単な道だけを選んじゃ、きっと得られないものもある。お互いの信頼とか、同じ苦労を共有する喜びとか。それに、そういう人の周りには似たような性格の人が集まると思うし、その逆もあると思うから。だから……万穂は別に、そのままでもいい……と……」

あれ？　と都久音はそこで言葉を止めた。いいことを言ったつもりだが、友人二人の反応がやけに鈍い。ここってもっと、万穂たちが感動してくれるところじゃ……？

「もしかして」万穂が、形のいい眉をひそめながら、「都久音、ただそれを言いたいがために、私たちを店に呼んで、このソリまで用意したの？」

「え？　あ、うん……」

「うわー、食べ物の知識にひっかけて、なんか相手を諭すようなことを言うって」梓が大げさにのけぞる。「それ、グルメ漫画とかでよく見るやつじゃん」

たちまち顔に火がついた。言い訳しようにも図星なので、ただただ恥ずかしい。

万穂が困惑の入り混じった呆れ顔で、都久音を見る。

「いや、まあ……たぶん、前に私が言った愚痴を覚えていて、心配してくれたんだと思うけど……。それはありがたいんだけど、でも、引用したソリの話も、なんかピンとこないし……。都久音も要領が悪いというか、なんというか……」

ぐうの音も出ない。梓がケラケラ笑い、「まあまあ」となだめるように万穂のグラスにウーロン茶を注《つ》ぐ。

万穂はそれを一口あおって、まったく……と不機嫌そうに呟いた。

「要領悪くても、都久音たちと一緒のほうが楽しいに決まってるじゃん」

「え？　なんて？」

「別に」

万穂は不愛想に皿からソリの串を一本取ると、肉を一切れ嚙みしめ、にっこり微笑む。

「うん。すごく美味しい」

その幸せそうな顔に、都久音も思わずつられて笑った。――ちょっと押し付けがましかったかな。まあ、万穂もなんだか満足そうだし。ま、いっか。

第三話

だから都久音は心配しない

1

「そういえば最近、怖い都市伝説を聞いちゃってさ」

万穂《まほ》が、書店の「真夏の怪談特集」というポップのついた棚を見ながら、無表情に呟《つぶや》く。

「え？　どんなの？」

この手の話が大好きな梓《あずさ》が、瞳をキラキラさせて訊《き》き返す。

「『アンケート』」

「……シンプルなタイトル、いいね」

「あらすじはこんな感じ。ある女性がね、街でアンケート調査を受けるの。有名化粧品メーカーの市場調査だって言われてね」

「ふんふん」

「女性は謝礼につられて応じるんだけど、見栄《みえ》を張って少し高めに答えてしまうのね。収入とか貯蓄額とか、自分の職業とか」

「ほうほう」

「でもそれは、実は誘拐犯の下調べで」

「はあん？」

「不幸にも目を付けられてしまった女性は、その後まもなく誘拐され、殺されてしまった――ってオチ」

「あらら、可哀《かわい》そう――って、もうオチ？　全然怖くないんだけど」

「だから、あらすじって言ったじゃん」

どうでもいい会話だなあ。店内に設置された扇風機の前に陣取りつつ、都久音《つくね》は高校の友人二人の会話を聞き流す。黒髪で一見清楚《せいそ》風な万穂は、見かけによらず怪談やエグい話が好きだ。ただ口調が淡々としているため、彼女の話す怪談はたいてい怖くない。一方でショートカットの元気少女・梓は表現豊かだが、ちょくちょくボケやお笑いを入れるので、これまたホラーの語り手には向かない。

今は八月、夏休みの真っただ中。

なにもかも忘れて、十代の夏を謳歌《おうか》中――と言いたいところだが、今日は大雨の予報が出ているため、外出はあきらめて都久音の家に三人で向かっているところである。途中、万穂が本を買いたいというので、地元のぎんなみ商店街にある書店に立ち寄っている。

「なに、都久音ちゃん。都市伝説の研究？」

声がかかった。振り向くと、細ぶち眼鏡《めがね》をかけたエプロン姿の若い女性が、脚立の上で本を整理しながら顔だけこちらに向けている。

この書店のオーナー、本好文夏《もとよしふみか》さん。

まだ二十代だが、廃業寸前だった実家の「本好書店」を立て直すため、会社勤めを辞めて家業を継いだらしい。都久音も顔見知りで、「本屋のお姉ちゃん」として幼いころから慕っている。

「あ、いえ、ええと……」

「『アンケート』か。あれって今流行《はや》りだよね。なんでだろう」

「文夏さんも、知ってるんですか？」

「うん。お客の子から聞いた。でも、私が聞いたのは別バージョンで、誘拐目的っていうのは初耳だな」

ほかにもバリエーションがあるのか。誘拐以外にどんなパターンがあるのだろう。そっちも気になる。

「でもね、都久音ちゃん」と、本好が急に声を潜めて言う。「その誘拐って話……あながち、バカにできないかもよ」

「え？」

「この近所でも一人、行方《ゆくえ》不明になったって。マイカ先生の知り合いの女の子が」

マイカ先生というのは、地元の銀波中学の英語教師だ。祖母がタイ人、祖父が大地主という資産家の娘で、とても教師とは思えない煽情《せんじょう》的なファッションセンスの持ち主。少し前、中学校で起きた事件が縁で、都久音も面識がある。

「えっ……本当ですか？」

「うん。まあ私も、人づてに聞いただけだけど」

本好は脚立から下りつつ、

「ただ最近、物騒な事件が増えてるのは事実だから。都久音ちゃんも聞いたことあるでしょ？外国人窃盗グループの話」

ここしばらく、商店街では窃盗や暴行などの事件が相次いでいる。どうやら最近、この街に移り住んできたアジア系の犯罪グループがいるらしい。都久音も詳しくは知らないが、その彼らが悪さを働いたり、地元の半グレグループと揉《も》め事を起こしたりしているようだ。

「商店街って寂れると、だいたい治安も悪くなるらしいね」

本好は溜息《ためいき》をつく。

「貧すれば鈍する、ってね。それだけでも大変なのに、この前の台風で、追い打ちみたいにどこのお店も被害を受けているし――都久音ちゃんも変な事件に巻き込まれないよう、気を付けなよ」

不穏な忠告を残し、去っていく。それはリアルに怖い話だなあ、と都久音は顔を曇らせた。確かに最近、商店街の雰囲気は少し悪くなった。ネット通販や少子化、はたまた物価高や感染症などの影響か、どの店も売り上げは右肩下がりで、通りには空き店舗も目立ち始めている。

おまけについ先日来た台風では、商店街沿いを流れる天《あま》ッ瀬川《せがわ》が一部氾濫して、多くの店舗が被害を受けてしまった。まさに泣きっ面に蜂である。犯罪が増えたり不気味な都市伝説が流行るのも、そういった空気を反映してのことかもしれない。

オーナーの本好の表情も、心なしか沈んでいた。きっと気苦労が絶えないのだろう。せめて売り上げに貢献しよう――と平積みの本に手を伸ばした都久音は、そこで営業妨害のように店頭で無駄話を続ける友人二人の存在を思い出し、いい加減注意しようと足を向ける。

そのとき、スマホの着信音が鳴った。

電話だ。相手ごとに振り分けた着信音で、相手は姉の佐々美《ささみ》だと気付く。

どうせ夕食当番を代わってほしいとか、大した用事じゃないんだろうな……などと予想しつつ、店の外に出て電話を取る。

「もしもし?」

『あ、都久音⁉　今、大丈夫？』

「うん、まあ」

『あのね、今日の夕食当番、代わってもらってもいいかな？　ちょっと帰りが遅くなりそうで』

「やっぱり」

『え、なに？』

「ううん、こっちの話。で、遅くなる理由は？　事情によっては罰金を――」

『当たったの！』

「なにに？」

『福引！　今日ぎんなみ商店街で買い物してたら、福引の会場があって！　なんと金賞！　すごくない？』

へえ……と相槌《あいづち》を打ちつつ、首を傾《かし》げる。年末でもないのに、うちの商店街で福引なんてやってたっけ？

「それは……おめでとう。でも、それでなんで帰りが遅くなるの？」

『うん。実はその金賞っていうのが、ミステリーグルメツアーで』

「ミステリー……グルメツアー？」

『会員制の高級和食店とか、若手フレンチ料理人の作る前衛的な創作料理とか、普通じゃ食べられないようなお店や料理を巡るツアー！　旅行会社が企画したらしくて、そのモニターを募集してたの。正規の料金なら十万円くらいかかるんだって』

「十万円？　それはすごいね」

『でしょう？　最初にやたら長いアンケートに答えさせられたから、なんだかなと思ったけど。その値段分なら納得だよね』

……ん？　と都久音の思考が止まる。

「ちょっと待って、お姉ちゃん。アンケートに、答えたの？」

『うん。答えたよ。だってそれが福引を引く条件だもん』

「どんな質問された？」

『え？　だから職業とか収入とか、家族構成とか一人暮らしかどうかとか――商店街に来る客層でも調べてたのかな。ちょっと見栄張って答えちゃったけど。

でね。今日ならキャンセル枠が一つ空いてるっていうから、飛び込みで参加を決めちゃった。次回だと来月になっちゃって、それだと私、次の派遣の仕事が決まって行けないかもしれないし』

「ちょっと待って、お姉ちゃん。それってもしかしたら……」

『あ、あと、今日雨で寒くなりそうだったから、都久音のストールも借りちゃった。あの黄緑色のやつ。お詫《わ》びにお土産《みやげ》買ってくから、許し――あ、もう出発ですか。え？　スマホは預かる？　内容が外部に漏れないようにするため？　ああ、そうですよね、ミステリーですもんね。了解です、あとでお渡しします。

じゃ、都久音。そういうことで。今晩使う予定だった鶏肉《とりにく》、チルド室で解凍してるから。この埋め合わせはまたあとで』

「待って！　お姉ちゃ――」

プッ。ツーツー。

電話が切れた。都久音はスマホを耳に当てたまま、金縛りにあったように硬直する。

友人二人が、都久音の異変に気付いた。梓が「どしたん、都久音？」と顔の前で手を振り、万穂が「今、アンケートって聞こえたけど……」と、訝《いぶか》しげな視線を送ってくる。

「お姉ちゃん。それ、グルメツアーじゃなくて……」

都久音はただ一人虚空を見つめ、呟いた。

「たぶん、誘拐」


「佐々姉ちゃんが、誘拐された？」

桃《もも》が眉をひそめ、真っ先にカレンダーを確認する。

「今、もう八月だけど」

「エイプリルフールとかじゃなくて」

もどかしい思いで、説明する。あれから都久音は友人二人を連れて急いで帰宅し、茶の間で雑誌を読んでいた桃に話を伝えたのだった。

「いやいや——ないでしょ、それは」

話を聞くなり、桃はあっさり否定した。

「それって単に、都市伝説とちょっと話が被《かぶ》ってるってだけでしょ？　心配しすぎだよ、都久姉ちゃんは」

「でも、マイカ先生の知り合いも行方不明だって——」

「それだって、『行方不明』ってだけでしょ」

桃は雑誌に目を戻しながら、ぼりん、とせんべいをかじる。

「ただの家出かもしれないじゃん。そんなに気になるなら、警察に届けてみたら？　たぶんその程度じゃ、まともに取り合ってくれないと思うけど」

うっと言葉に詰まる。確かにまだこの段階で、警察に駆け込む勇気はない。だから真っ先に桃に相談したのだ。でも身内の妹にさえ、相手にされないとなると——。

「あの」

するとそこで、万穂が口を開いた。

「ちょっといい、都久音？」

「なに？」

「ふと思ったんだけど……その電話自体が、ＳＯＳのメッセージだった、ってことない？」

「ＳＯＳの……メッセージ？」

「アメリカの話なんだけど、ＤＶで監禁されている女性が、電話でピザを注文するふりをして警察に助けを求めた事件があったんだって。それと同じで、あの電話に隠れたメッセージが込められていたとしたら？」

——んん？　と都久音は首を傾げる。

「なるほど」

反応する前に、梓が同意の声を上げた。

「言われてみれば、確かに怪しいね。たかが食事当番のことを伝えるために、わざわざ電話をかけてくるなんて」

「でしょう？　普通その程度の用事なら、ラインとかですまさない？」

「あ、いや、うちのお姉ちゃんは――」

「だよね。しかも最後、わざとらしく『鶏肉をチルド室で解凍してる』なんて付け加えているし」

「うん。その情報は明らかに蛇足だし、不自然」

「ってことは、万穂――もしかしてあの最後の言葉が、暗号ってこと？」

「たぶん……あ、待って梓。食事をするって、英語でダイニングだよね。ってことは、これぞまさしく、死《ダイイング》に際のメッセージならぬ――」

「『ダイング・メッセージ――？』」

万穂と梓がハッとお互い顔を見合わせ、息の合った声で合唱する。

……いやいや。

都久音は額を手で押さえた。どうも変な方向に話が盛り上がっている。万穂と梓は二人ともミステリー小説やドラマが好きという共通点があり、過剰な深読みをしてしまっているようだ。

「あの……」桃が言いづらそうに、「その電話が、佐々姉ちゃんのSOSってことはないと思います。佐々姉ちゃん、文字を打つのを面倒くさがって、すぐ電話してくるんです。この前も、『冷凍庫のアイス、湯上がり用だから食べないで』って電話してきたし。第一あの佐々姉ちゃんに、会話に暗号を仕込むなんて高度な真似《まね》は……」

「じゃあ」梓が訊《たず》ねる。「『鶏肉をチルド室で解凍してる』っていうのは、そのまま『鶏肉をチルド室で解凍してる』って意味？」

「はい」

間抜けな会話である。だが話を聞いているうちに、都久音もだんだんと冷静になってきた。よくよく考えれば、桃の反応のほうが正常かもしれない。都市伝説や文夏さんの不穏な発言のせいで、つい心配になってしまったが——あのときの流れに呑《の》まれて、ちょっと自分を見失っていた？

「……それより問題は、今晩の食事当番のことだよね」

桃が雑誌を持って立ち上がる。

「面倒くさいけど、まあいいや。今ちょうどこれに載っているレシピを見て、作りたくなってきたところだから」

「なに、その本？」

「例の焼き鳥特集のムック本。都久姉ちゃんも読んだでしょ？」

ああ、と思い出す。つい数か月ほど前、実家の焼き鳥店「串真佐《くしまさ》」は、「日本ヤキトリ愛好会」なるマイナーな団体から取材を受けた。その団体が発行する雑誌の見本が届いたのが、先月の七月末のことだ。

「つい昨日、これを読んだ知り合いの先輩からお祝いメッセージが届いて、それで読み直していたところ。ここに載っている『ベトナム風焼き鳥』ってレシピが美味《おい》しそうで」

「ベトナム風？」

「日本のものよりピリ辛で、レモングラスとかニョクマムとかの調味料を使ってるの。——ああこれ、『DA《ダ》・COCONUT《ココナット》』さんのところのレシピなんだ。どうりで」

「ダ・ココナット」というのは、ぎんなみ商店街にある新参のアジアンカフェのこと。店主は若いころ東南アジアの国々を食べ歩いていて、各国の料理に詳しい。どうやらそのムック本の編集者はうちの取材のついでにそちらにも立ち寄り、レシピを聞き出したようだ。

「あの店の味なら、間違いないよね。よし、作るぞ。おいしく出来たら、木暮《こぐれ》さんにも食べてもらおうかな……」

台所に向かう桃の口から、浮かれた声が聞こえる。「知り合いの先輩」というのは、どうやら先日の「器物損壊事件」で出会った木暮少年のことらしい（ちなみに当の事件はあれから犯人が長谷川《はせがわ》に謝罪して、丸く収まったそうだ）。

「でも木暮さん、お兄さんの料理で舌が肥えてそうだなあ。やだなあ、『お兄さんのほうがおいしい』みたいな顔をされたら。いざとなったら、うちの焼き鳥で対抗するしか――あれえ？」

すると奇妙な声が上がった。台所の暖簾《のれん》を分けて覗《のぞ》くと、桃は冷蔵庫のチルド室からパックをいくつも取り出し、一つ一つ確認している。

「どうしたの、桃？」

「……ない」

「なにが？」

「鶏肉。チルド室に、入ってない」

2

「グルメツアーの主催者？　さあ、あんまり知らねえなあ」

角刈りにねじり鉢巻きの男性が、あくびをしながら答える。

「日本のツアー会社じゃなくて、中国の会社だとは聞いたけどよ。インバウンド……とかいうの？　海外の金持ち旅行客相手に、バカ高《たけ》えツアーを企画してるんだとか」

「中国？」

桃が眉をひそめる。

「なんで中国の会社が、ぎんなみ商店街でツアーのモニターなんて募集するんですか？」

「さあなあ……」

寸胴《ずんどう》の中のラーメンスープをかき混ぜながら、藤崎《ふじさき》は首を捻《ひね》る。

相変わらず客の姿が見えない、「ラーメン藤崎」の店内。あれから都久音たちは、ツアーの実態を調べに商店街にやってきたのだった。理由はもちろん、「チルド室の鶏肉」だ。佐々美の言っていた「鶏肉」が存在しないとわかると、友人二人は「やっぱりあれは暗号だ」と騒ぎ出した。「姉の勘違いだ」という妹二人の意見は水洗トイレのごとく水に流され、今はただ友人たちの興味が赴くままに、探偵ごっこに付き合わされている次第である（桃も成り行きで巻き込まれた）。

「まあ、おおかたよ」

ややあって、藤崎が再びしゃべり出した。

「お役所の観光課とか、そのへんの奴《やつ》らが仕向けたんじゃねえの。もっと海外客を呼び込もうってな。うちの商店街、再開発の計画も出ているしな。肝心の商店街の人間が蚊帳《かや》の外ってのが、お役所仕事らしいや」

「え？　うちの商店街、再開発の話が出ているんですか？」

「ああ……あれ？　都久音ちゃんたち、知らなかった？」

初耳である。両親は知っているのだろうか、このこと。商店街はこの先どうなるんだろう、とまた別の意味で心配になる。

「最近、どこもかしこも不景気だしなあ。都久音ちゃんも知ってるよな、『ミートナカムラ』の親父《おやじ》。あそこも先月、潰《つぶ》れちまったって」

「え？『ミートナカムラ』さんが？」

その店なら知っている。商店街のスーパーなどに肉を卸している食肉卸業者だ。会社の倉庫が天ツ瀬川沿いにあり、先日の台風でかなりの浸水被害を受けたらしい。実家の店とは直接の取引はなかったが、商店街の花見イベントなどで何度か社長と顔合わせした。その社長は五十代くらいの陽気な男性だったが、やや冗談がくどいので、絡みづらかったことを覚えている。

「ただ、あの親父の場合、不景気がどうのっていうより、女絡みで借金をこさえたって話だけどな。そうそう、確かあそこも、そのツアー会社と取引があったはずだぜ」

「え？」

「あのツアー会社、商店街の店にいろいろ声をかけてやがんのよ。『地元の産業支援』だとかぬかしてな。たぶん再開発の推進派が、商店街の連中を取り込むために、裏で手を回してんじゃねえかと俺は睨《にら》んでんだけど……」

そんなつながりが。都久音はやや眉を曇らせる。得体の知れない会社がそんなふうに商店街に取り入ろうとしているなんて、なんだか不気味だ。

藤崎がスープを味見しながら言った。

「けど、あのツアーも本当にグルメツアーなのか、ちょっと怪しいよな」

「えっ、どうしてですか？」

「だってよ。グルメを謳《うた》ってんのに、俺んとこには一言も声をかけてこねえんだぜ？　どうかしてるぜ」

それは店の評判が……と口にしかけて、優しさで止める。

「ねえ、都久音……」

すると万穂に脇を肘で小突かれた。

「なに？」

「今の話、ちょっと気にならない？」

「どこが？」

「その『ミートナカムラ』って、食肉卸の会社なんでしょう？　食肉卸ってことは……」

「『鶏肉』だ」

試作品のラーメンをすすっていた梓が、ハッと顔を上げた。

いやいや……と、都久音は苦笑いする。

「『ミートナカムラ』のおじさん、今はどうしているんですか？」

桃が無視して話を進めた。

「ナカムラの親父？　あの親父なら、蒸発」

「蒸発？」

「会社を畳むと同時に、とっとと夜逃げしちまったって話。まあ奥さんはとっくの昔に逃げちまったし、子供もいないしで、身軽だったからな。フィリピンにでも高飛びしたんじゃねえの」

「フィリピン？」

「あの親父が最近はまってたのが、フィリピンパブでよ。親父が入れあげてたそこのキャストも、同じころに姿を消してんのよ」

藤崎はショウガをすりおろしつつ、

「確か、マイカ先生の知り合いだったっけな。だから親父が口説いて、二人で逃げ出したんじゃねえかって――」

都久音たちは、無言で顔を見合わせた。


「マイカです」

セクシーな肩出しの服を着た若い女性が、目の前で頭を下げる。

商店街の新参アジアンカフェ、「ダ・ココナット」。そこで都久音たちは、当のマイカ先生と面会していた。

目的は、例の行方不明になった女性について訊くため。万穂たちの言う「ダイニング・メッセージ」とやらを真に受けたわけではないが、その食肉卸業者を通じてツアー会社と行方不明の女性がつながったとあれば、気にしないわけにもいかない。

それに、マイカ先生とは知らない仲でもない。彼女も行方不明になった知人のことが気がかりだろう。そう考えて連絡を取ったところ、マイカ先生は二つ返事で駆けつけてくれたのだ。

万穂と梓は、初めて会うマイカ先生に驚きを隠せないようだった。そのフリーダムな容姿に、とても中学校の先生とは信じられないのだろう。対するマイカ先生は平常運転で、いつもの温和なニコニコ顔だ。

「あ。名刺」

マイカ先生が急に呟き、ごそごそとバッグを漁《あさ》って、四角い紙片を万穂たちに渡してきた。

「あ、ありがとうございます――ん、あれ？」万穂が首を捻る。「この名刺、名前が『主井《しゅい》タンサニー』ってなっていますが……」

「あ、それ、本名です」

「本名？」梓が眉をひそめる。「じゃあ、マイカって言うのは……」

「マイカは、あだ名です」

二人が「なぜ最初にあだ名のほうを？」という顔をする。このやり取り、前にもあったなあ……と既視感を覚えつつ、説明も面倒なので無視して本題に入る。

「クェンさんが、フィリピンパブで？」

話を聞くと、マイカ先生はアイスジャスミンティーの氷をストローでカラカラかきまぜつつ答えた。

「ああ……働いていたかもしれませんね。大きな声では言えませんが」

行方不明になったベトナム人女性はクェンというらしい。マイカ先生がボランティアで教えている日本語学校の生徒で、先月から連絡が取れないそうだ。ちなみに語学留学のビザで水商売のアルバイトをすることは違法だそうで、それで「大きな声では言えない」らしい。

「ベトナム人なのに、フィリピンパブで働いていたんですか？」

梓がどうでもいいことを訊く。

「フィリピンパブって、フィリピンの人しか働いちゃいけないんですか？」

マイカ先生が生真面目《きまじめ》に訊き返す。

「それで、その……マイカ先生」

桃が話の流れを強引に戻す。

「私たちが伺いたいのは、そのクェンさんが、お客と付き合っていたかどうかなんですが……」

マイカ先生は小首を傾げつつ、ジャスミンティーのストローに口をつけた。

「お客さんとそういう関係になることは、なかったと思いますね。彼女、恋人がいましたから」

「恋人？」

「はい。同じベトナム出身の男性です。ただ彼女、男運が悪くて……その恋人には、いろいろ苦労させられていたみたいですけど」

DVとかだろうか。眉根を寄せていると、桃が女子大生みたいな口調でさらに切り込む。

「じゃあクェンさんは、彼氏と別れたがっていたってことですか？」

「そんな感じはありましたね」

「なら、その彼氏が、別れ話を切り出したクェンさんを監禁しているってことは？」

「うーん……それはないと思います。その男性、クェンさんが行方不明になってから、私のところにも探しに来ましたから。あれは本気で探している様子でした」

なら、逆に恋人から逃げたくて姿を消した、ってことかな。単なる痴情のもつれか、誘拐事件か、はたまたその両方か……考え出すとキリがない。

「クェンさんの話ですか？」

するとそこで、渋い男性の声が割り込んだ。ダンディな鬚《ひげ》の男性が、お盆を手にテーブルに来ている。「ダ・ココナット」店主、椰子島吾郎《やしじまごろう》さん。鬚のせいでだいぶ年配に見えるが、まだ四十代らしい。

「店長も知っているんですか？」桃が訊く。

「知っているもなにも、彼女はうちでもバイトしていたからね。働き者のいい子だったよ」

そうだったんだ。昼はカフェ、夜はパブという感じだろうか。お金に困っていたのかもしれない。

「ほかにもレストランで働いていたみたいだし、辞めるって電話が来たときは、そっち一本に絞ったのかと思ったけど……。まさか、行方不明になっているなんてね。マイカ先生から聞いて驚いたよ。変な事件に巻き込まれてなきゃいいが」

この店は事前に辞めていたらしい。と、すると――これはやっぱり、計画的な失踪？

「あ、いらっしゃい！」

カランと扉のベルが鳴り、椰子島が反射的に声を上げた。客が来たらしい。飲み物に手を付けようとした都久音は、続いて耳に飛び込んできた聞き覚えのあるしゃがれ声にドキリとする。

「ごめんよ。仕事中に」

入ってきたのは、高級宝石店「ジュエリー神山《かみやま》」のオーナー、神山園子《そのこ》だった。最近事件の聞き込みなどで商店街を動き回っているせいか、この神山ともいやに遭遇率が高い。

「ああ。これはどうも、神山さん」

「あ！　こんにちは、リリィ《サワッディーカー》」

椰子島とマイカ先生が同時に反応する。神山はその商売柄、地元の金持ちや有力者に顔が利き、それもあってか商店街のご意見番のような存在となっている。それで椰子島とも顔馴染《かおなじ》みなのだろう。また彼女の弟が地元でも有名な地主の婿養子に入っていて、その人がマイカ先生の父親という奇縁――つまりマイカ先生は、神山の姪《めい》である（リリィというのは、神山が百合《ゆり》好きなことからマイカ先生がつけた、勝手なあだ名）。

「どうもこんにちは、吾郎さん。今年も暑いねえ。マイカ、アンタはまたそんな格好してんのかい。いい加減、自分が教師だって自覚を――あら、アンタら」

そこで神山が足を止めた。都久音と桃は小さく頭を下げる。母親の知人であるため都久音たちも顔見知りだが、神山には独特の威圧感があり、少々苦手だ。

神山は都久音たちとマイカ先生を一瞥《いちべつ》して、眉をひそめた。

「まさかアンタら、また人様《ひとさま》の事件に首をつっこんでるんじゃないだろうね？　探偵ごっこも度が過ぎると――」

「い、いいえ。違います」

前は「名探偵」と持ち上げた癖に、勝手なものである。慌てて事情を説明すると、神山は呆《あき》れ顔をした。

「アンタらの長女が誘拐？　ダイニング・メッセージ？　なんだいそりゃあ。漫画の読みすぎだよ、アンタら――謎解きはいいけど、探偵ごっこはほどほどにしときな。でないといつかは虎の尾を踏んで、痛い目を見るよ」

そう不吉な予言を残して、あとは興味が失《う》せたとばかり椰子島のほうを向く。

椰子島が神山に向かい、カウンターを手でさした。

「あっちにしますか？　それともテーブル？」

「ああ、ごめんよ。今日は客としてきたんじゃないんだ」

よっこらせ、と神山がカウンターの椅子に腰を下ろす。

「吾郎さん。確かアンタのところも、あの肉売りに貸しがあっただろ。先払い金だかなんだかの名目で」

「肉売り――ああ、『ミートナカムラ』さんですね。ええ、はい」

「あの肉売り、蒸発する前に同じ手であちこちから金を借りまくっててね。アタシらもさんざん手を尽くして探したんだけど、結局行方はつかめなくてさ。まったく、うまいこと逃げたもんだよ。

仕方ないんで、商店街の組合連中で弁護士交えて話し合ってね。倉庫に残った設備を、債権者で分配しようということになったのさ。今日来たのは、その取り分の話」

「ああ、そういう」

「あとで正式な話し合いの場を設けるけど、事前に根回しをしといたほうが揉めないと思ってね。どうだい、吾郎さん。この話で手を打つかい？」

「設備って、どんなものがあるんですか？」

「近くにトラックが停《と》めてあるよ。見るかい？」

神山が店を出ていく。椰子島は店のスタッフに一声かけてから、あとに続いた。「『ミートナカムラ』……鶏肉……」と万穂が呟きながら腰を上げたので、都久音たちも流れで神山たちについていく。

店から少し離れた空き地に、大型のトラックが停まっていた。その荷台に、引っ越しのように様々な家具や電化製品などが詰まっている。

神山が奥に入り、銀色の大きな箱を手の甲で叩《たた》いた。

「この業務用冷蔵庫なんてどうだい？　まだまだ現役で使えそうだよ。電気を止められてからは戸棚代わりに使っていたみたいで、なんかいろいろ入ってるけど」

「いやしかし、こんなものをもらっても……」

椰子島が戸惑い顔をする。確かに目の前の冷蔵庫はかなり大きなタイプで、「ダ・ココナット」の狭い厨房《ちゅうぼう》には入りそうもない。

「冷蔵庫……チルド室……」

万穂がとり憑《つ》かれたように再び呟く。

今の言い方は怪談っぽいな、と都久音は思いつつ、冷蔵庫を見上げる。そういえば、うちの店の設備もだいぶ古くなってきてたっけ。冷蔵庫も今はもっと節電効果が高いものがあるらしいが、物もちのよい父親は同じものを使い続けている。

そんなことを考えていると、ふと椰子島と目が合った。

「そうだ」椰子島がパチンと指を鳴らす。『串真佐』さんのところは要るかな？　こういう冷蔵庫。もし要るなら、代わりに譲ってあげてもいいけど」

「え、いいんですか？」

「ああ。『串真佐』のおじさんには、いろいろ世話になったから」

椰子島の話によると、どうやら彼はカフェを始める際、都久音たちの父親に仕入れ先などを紹介してもらったらしい。それで恩義を感じていたようだ。

桃と視線を交わした。こんなことをしている場合かな、と若干思いつつ、二人で冷蔵庫に近寄り、扉を開いてサイズや機能を確かめる。

「お父さん、欲しがるかな？　都久姉ちゃん」

「うーん……でもお父さん、あまり物を替えるの好きじゃないから……」

姉妹で話しながら、中を調べる。神山が言うには、蒸発直前の「ミートナカムラ」の社長は電気代もろくに払えない状況で、建物は倉庫としてほぼ機能していなかったらしい。そのため冷蔵庫は戸棚代わりに使われていた模様で、決して汚くはなかったが、ノートや文房具など食材とは無関係な物が入れられていた。邪魔なので、いったんそれらを外に出す。

すると、紙切れがひらひらと足元に落ちた。後ろにいた梓が「なんだ、これ」と拾って、読み上げる。

「なんか文字が切り抜いてあるね。コラージュアートかな？　『天神橋』『八月十日』『三百万』『さらった』『女』……『さらった女』？」

都久音たちの動きが、ぴたりと止まった。

一瞬間を置いて、桃が梓に駆け寄る。その手から紙切れを受け取って確かめると、また冷蔵庫に向き直り、中を漁り出した。

さらに新たな切り抜き文字が、何枚か見つかった。はさみやのり、白い台紙や紙の切り屑《くず》もあるので、どうやら文字を台紙に貼って文章を作ろうとしていたらしい。桃はそれらの文字を手に取ると、都久音たちが見守る中、試行錯誤しながらもくもくと並べ替え始める。

やがて桃の手が止まった。

取引　だ
八月十日　午前二時　天神橋　下の　ボートに　三百万　を乗せろ
代わりに　橋上の　看板　裏に　さらった　女　を置く

都久音たちはしばらく、無言になった。

「桃。これってもしかして……」

「うん」

桃が深刻な顔つきで、頷《うなず》いた。

「脅迫状だ」

3

「間違いない。あのメッセージはこれのことだったのよ」

夏の熱がこもった商店街のアーケード下を歩きながら、万穂が力説する。

食肉卸業者の冷蔵庫の中から「脅迫状」らしき紙切れが出てきたことで、友人二人は「これが

『チルド室の鶏肉』だ」と俄《にわ》かに活気付きだした。何としてでも「ダイニング・メッセージ」と結び付けたいらしい。

まさかね……と思いつつも、都久音も強く反論できずにいるのは、やはり当の脅迫状のことがあったからだ。

これまでただの都市伝説だったものが、急に現実味を帯びてきてしまった。ただ神山や椰子島の反応は冷めたもので、「あの肉売りのお遊びだろ」と、神山に一笑に付されておしまいである。マイカ先生は一応気にする様子を見せたが、ベトナム語で書かれているならともかく、これがクエンの失踪事件と関係するという直接的な証拠はないので、ひとまず追加情報待ちという感じだ。

「私のプロファイリングによると、犯人はかなり残忍な性格をしているね」

梓もしかつめらしい顔をしつつ、万穂に調子を合わせて語り出す。

「文章の言葉遣いを見てよ。『女を置く』なんて、女性を物扱いもはなはだしい。人間味が感じられない」

人間味を感じる脅迫状って、何？

「……桃は、どう思う？」

自分一人では太刀打ちできそうにないので、妹に助けを求めた。桃はスマホをいじりながら、うーんと喉の奥で唸《うな》る。

「私はやっぱり、ただの偶然だと思うなあ。佐々姉ちゃんに、そんな芸当ができるとは思えないし」

「だよね」

「私、前から思ってたんだけど」

するると万穂が、少し怒ったように言った。

「都久音たちって、ちょっとバカにしすぎてない？　自分たちのお姉さんのこと」

「ええ？」

「あんなにいいお姉さんなのに。私の姉に比べたら、すごく優しいし、妹思いだし——それに『能ある鷹《たか》は爪を隠す』って言うじゃない。お姉さん、妹たちの前ではわざとバカっぽくふるまってるだけで、本当はものすごく優秀なのかもよ？」

都久音は目をぱちくりさせる。急にどうしたのだろう。でもそういえば、万穂のところは家族仲があまり良くないんだっけ。確かにうちに来るようになってから、姉妹が仲良くて羨《うらや》ましい、みたいなことを何度か言われた気がするけど——。

「いいえ。聖天《しょうでん》様に誓ってそれはありません」

桃が冷静に答える。

「佐々姉ちゃんは、『能』があったら隠すより見せびらかしたい派です。それに、この脅迫状が佐々姉ちゃんと関係ないのは明白ですし」

「え、どうして？」

「だってこの日付、『八月十日』になってるじゃないですか。でも、今日は『八月十三日』ですよね。仮に佐々姉ちゃんが今日誘拐されたとして、犯人はどうして過去の日付を指定するんですか？」

なるほど、と都久音もスマホの日付を見て納得する。今日は確かに八月十三日。タイムマシンでもなければ、過去に遡ることはできない。

「ただ、ちょっと待ってください。この脅迫状、一つ気になることがあって……ああ、やっぱりそうだ。見て、都久姉ちゃん」

桃が、いじっていたスマホを見せてきた。それを見た都久音は、あっと思わず声を上げる。脅迫状と同じデザインの文字が、そこには表示されていた。

「それは？」

「私がさっき読んでた、『焼き鳥特集』のムック本。これはその電子書籍版だけど」

あの本か。都久音は茶の間で桃が読んでた雑誌を思い出す。

「ここ見てよ、都久姉ちゃん。『八月十日は焼き鳥の日！』っていう見出しの文字が、脅迫状のと一緒でしょ？　可愛《かわい》いデザインだから、覚えてたんだ」

見ると、愛嬌《あいきょう》のある鶏《にわとり》の形をした「八」や「十」などの絵文字が、脅迫状の切り抜き文字と一致していた。ちなみに八月十日は「や《八》きと《十》り」の語呂合わせで「焼き鳥の日」と呼ばれ、都久音の店でもささやかなイベントがある（あまり広まっていないが）。

桃が小さくガッツポーズをする。

「やった。一歩前進だ。これってリトルプレスだから、販売店舗はかなり限られるよ」

「リトルプレス？」と梓。

「個人や団体が作る、少部数の出版物のことです。ＺＩＮＥとか同人誌とか、呼び名はいろいろあるみたいですけど」

「マイナー雑誌ってこと？」と万穂。「なんで脅迫状を作るのに、わざわざそんな雑誌を？」

「それはわかりませんが……たぶん、手元にある雑誌から適当に選んだだけじゃないでしょうか。とにかく、これで先に繋《つな》がります。取材に来た人は、この地域で扱っているのは『本好書店』さんくらいと言っていました。だから文夏お姉ちゃんに訊けば、なにか手がかりがつかめるはずです。発売日も最近だから、脅迫状の作成時期も絞れるし……ん？　あれえ、ちょっと待てよ」

　そこで桃が再びスマホを見た。電子書籍の販売サイトで、本の情報を確認している。

「あれれ？　どういうことだろう」

「どうしたの、桃？」

「この本の発売日って、八月四日のはずなんだ。うちに見本が届いたときにも、その日まで情報はネットに出さないでって言われてたし……。電子書籍のほうも、やっぱり同じ日になってる」

「ふうん……でも、それがどうかした？　脅迫状の日付は八月十日なんだから、別に問題ないでしょ」

「問題大ありだよ。人質の受け渡し場所を見てよ、都久姉ちゃん。『天神橋』に指定されているでしょ？　でもこの橋は――」

「ああ。そういえば壊れちゃったね。この前の台風で」

　先週の八月三日、大型台風が襲来し、商店街沿いを流れる天ツ瀬川を一部氾濫させた。そのときに、橋の一つである「天神橋」が壊れたのだ。前々から補修工事予定の看板が立っていたので、もともと壊れかかっていたのかもしれないが――ん？　八月三日？

「そう。だから変なんだよ。台風が来たのは八月三日で、この本の発売日は八月四日。この本が書店に並ぶころには、すでに橋は壊れていたはずなんだ。橋のことはニュースにもなったし、犯人なら場所の下調べは当然するだろうから、知らないってことは考えられない」

桃が腕を組み、クリンとインコのように首を捻《ね》じ曲げる。

「どうして犯人は、わざわざ壊れた橋を指定したんだろう？」

4

「本好書店」は留守だった。店のシャッターには、「移動販売中。午後五時から開店します」という張り紙がある。本の移動販売は娘の本好文夏さんがオーナーになってから始めたサービスで、子育て中の主婦や足腰の弱ったお年寄りなど、あまり遠出ができない人たち向けに考えたらしい。

「どうする、都久音？」万穂が訊いてくる。

「うーん……さすがに五時までは待ってられないなあ。万が一にも、お姉ちゃんの身になにかあったら大変だし」

「お姉さんとは、まだ連絡取れない？」

「うん……」

最後に佐々美と話してから、都久音は何度か電話をかけ直していた。しかしやはり出ない。あの切り際に聞こえた会話から察するに、おそらくツアー中は携帯を取り上げられているのだろう。「ミステリーグルメツアー」なら料理の内容は秘密にしたいだろうし、写真を撮られないよう、スマホを一時預かるというのはわかる。しかし……本当にそれだけが理由だろうか？

「移動販売かあ」

梓が緊張感のない声を出す。

「いいなあ、こういうサービス。うちの近所にも来てほしいよ」

「梓んちの最寄り駅って、書店なかったっけ？」と、万穂。

「去年潰れた。客も少なかったけど、なにより万引きの被害がひどかったみたいで――ああいうのって、保険で何とかならないのかな。盗難補償とかあるでしょ」

「万引きは保険、下りませんよ」桃が言う。

「え、そうなの？」

「一般に盗難補償っていうのは、その物が置いてある場所に『不法に侵入した場合』じゃないと適用されないんです。個人の家の中とか、会社の倉庫とか。万引きの場合は、誰でも入れる場所に商品が置いてあるじゃないですか。そういうのは普通、保険の対象外なんです」

へえー、と都久音たちは同時に声を上げる。それにしても、桃はいろいろ知っているなあ……本当に小学五年生？

「ねえ、都久音」万穂が張り紙を見つめつつ、言った。「私、一つ気付いたんだけど」

「なにに？」

「さっき桃ちゃんが言った、なんで犯人は壊れた橋を指定したか、って話。それってつまり、脅迫犯が本を入手できるのは発売日以後だから、その時点ですでに壊れていた橋を、受け渡し場所に指定するのはおかしい――って話でしょ？」

「うん……たぶん」

「じゃあ、本を発売日前に入手できていたとしたら？」

「え？」

「私思ったんだけど、書店って普通、発売日の前に本が届くよね。でないと準備できないし。ならそれを使って、発売日前に脅迫状を作った、とは考えられない？　それならまだ橋は壊れてないから、指定してあっても不自然じゃないし」

「え、それって」

都久音は目を丸くする。

「文夏さんが、あの脅迫状を作ったってこと？」

「彼女本人が作らなくても、それを作った人と繋がっているとか……」

「まさか」

都久音は言下に否定する。いくら経営が大変だからと言って、あの文夏さんが誘拐なんて真似、するわけない。

「確かにあの店長さん、そんな悪い人には見えなかったけど」万穂はしぶとく続ける。「でも、人って見かけによらないし。『貧すれば鈍する』って、あの人も自分で言っていたし──あ」

そこで万穂が急に口を閉ざした。店のシャッターのほうを向き、なにかから隠れるように体を縮める。

「あら。万穂」

すると通りから声がかかった。見ると、ふわりとした茶髪の可愛らしい女性が、スマホを片手にこちらを向いて立っている。

「あ。万穂の姉ちゃんだ」

梓が呟き、小さくお辞儀をした。

女性もお辞儀を返し、手を胸の前で小さく振りながら近づいてくる。万穂が観念して振り向いた。小走りに駆け寄ってきた女性は、都久音たちに向かって愛らしく微笑《ほほえ》みかける。

「万穂のお友達？　どうも、姉の千草《ちぐさ》です。妹がいつも、お世話になっています」

万穂がちっと舌打ちした。

「何の用？」

「何の用って……挨拶ぐらい、しちゃいけない？　久しぶりに外で会えたのに」

「挨拶、終わったよね。なら、もう用はないでしょ。どこか行きなよ」

「なんで今日は、そんなに機嫌が悪いの？」千草はころころと笑う。「もしかして、友達の前だから照れてる？　万穂も可愛いところあるね」

……空気、重いなあ。

都久音は千草に作り笑顔を返しながら、片手で胃のあたりをさする。確かに万穂の姉妹仲の悪さは本物らしい。ちなみに万穂とは高校が同じなだけで、住んでいる街は離れている。ただ千草は家を出てこの銀波寺周辺の女子大に通っているらしいので、運悪く出くわしてしまったのだろう。

「あれ？　もしかしてここの本屋さん、潰れちゃった？」

シャッターの下りた店舗を見て、千草が驚き顔で言った。

「張り紙、読めない？」万穂が冷風のような声で言う。「今、移動販売中」

「あ、本当だ……。よかった。私ここ、よく使ってたから」

「千草はなんで、こんなところにいるの？　大学は？」

「今日は午後の講義がなくて。街の風景写真でも撮ろうと思って、散歩していただけ」

「写真？　千草、写真の趣味なんてあったっけ？」

「うん。最近はまった」

千草が可愛くデコレーションしたスマホを見せてくる。普通のスマホだが、最近のものは写真機能も充実しているので、趣味程度なら充分なのだろう。——あとどうでもいいけど、万穂って自分の姉を名前で呼び捨てにするんだ。

万穂が眉をひそめる。

「本当にそれが目的？　千草ってストーカー気質あるからな。実は好きな男性の隠し撮りでもしようとして、街をうろついてたり——」

「万穂は私をどういう目で見てるの」

千草が苦笑する。

「本当だって。見てよ、インスタにもアップしてあるから」

千草が画面に写真を表示した。確かに綺麗《きれい》な風景写真が並んでいる。夕日に染まる商店街の少しノスタルジックな情景だったり、裏通りの何の変哲もない路地をモノトーン調にして格好よく見せたりと、なかなかアーティスティックだ。

「へえ。『いかにも』って写真ですね」

横から覗いた梓が、褒めているのか貶《けな》しているのかよくわからない感想を言う。

「あ。でもこの写真は面白いな。個性を感じる」

「ああ、それ？　この前の台風の日に撮ったの。商店街のアーケードの中を薬局のカエル人形が飛び回ってて、びっくりして思わずシャッター切っちゃった」

「台風の日に、わざわざ外に出て写真を撮ったの？」

万穂が呆れ顔をする。

「バカじゃない？　そういえば千草の大学で、あの日に川に行って、流されかけたバカなグループがいたよね。千草もその仲間だったりしない？」

「私はそんな危険な場所には近寄らないよ」

ふと気付くと、桃がそのカエル人形の写真をじっと見ていた。なにが気になるんだろう。様子を見ていると、桃が指を動かし、写真の一部を拡大する。

「これって、『本好書店』さんですか？」

中心に、シャッターの半分上がった店舗が写っていた。確かに「本好書店」の看板が見える。

「うん。撮ったのは、この本屋さんの前」千草が頷く。

「じゃあ、このお店の横道に停まっているトラックは？　これ、書店になにか運んでましたか？」

「どうだろう……。私、人形に気を取られすぎて、まわりは全然目に入ってなかったから」

「トラックがどうかした、桃ちゃん？」

梓が訊ねると、桃は考え込む顔をする。

「変なんです。このトラック」

「どこが？　ただの本の配送トラックじゃないの？」

「あ。でも確かに、台風の日に配送するなんて変かもね」万穂が口を挟む。

「いえ」桃は首を横に振る。「あの台風がピークを迎えたのは夜ですし、日中はまだ通常業務をする車があってもおかしくありません。問題は、これがただの配送トラックじゃないってことです。だって8ナンバーだもん」

「8ナンバー？」

「特種用途の車両に発行されるナンバーです。ナンバープレートは半分くらいかくれていますが、上の三桁の数字は、はっきり頭が8って読めます」

「特種用途の車両って？」

「特別な設備や装置を備えた車です。例えば消防車とか救急車とか、調理設備のあるキッチンカーとか……あと、冷凍・冷蔵機能を備えたトラックも」

桃の蘊蓄《うんちく》を半分聞き流していた都久音は、そこでハッと顔を上げる。

冷凍・冷蔵機能を備えたトラック？　それって――。

「その手のトラックが運ぶ物はいろいろですが、代表的なのは冷凍食品や生鮮食品です。つまりは野菜や果物、魚介類、そして『肉』――」

一拍置き、桃が静かな口調で言った。

「このトラック、『ミートナカムラ』さんの物かもしれないです」

千草が去ったあと、都久音たちは「本好書店」の横の路地に移った。今の桃の推理を検証するためだ。

「冷蔵・冷凍トラックってだけで、『ミートナカムラ』さんとは決めつけられませんけど」

桃がトラックの停まっていたあたりを調べつつ、補足する。

「ただ私、前に夏休みの自由研究で、あそこのトラックを見学させてもらったことがあるんです。それにとても似ていた気がします」

「トラックを見学？　どうして？」都久音はつい訊ねる。

「車の排ガス問題を調べていたら、商店街でエンジンをかけたまま停車中のトラックを見つけたの。それで注意しに行ったら、それが『ミートナカムラ』さんの車で。『この手の冷蔵トラックは、常に積み荷を冷やしておかなきゃいけないから、エンジンを止められないんだ』って――」

理由が優等生すぎる。しかしそれが本当なら、あれが「ミートナカムラ」のトラックである確率は高い。

「けどさ、桃ちゃん」梓が首を捻る。「その『ミートナカムラ』さんが潰れたのって、先月でしょ？」

「はい。だから二重に変なんです。一つは書店に冷蔵・冷凍トラックが停まっていたこと。もう一つは、それが『ミートナカムラ』さんの車だとしたら、すでに社長は会社を畳んで失踪しているはずだってこと――」

桃が指折り数える。

「でも何にせよ、これで脅迫状のおかしな点は説明がつきます。台風が来たのは八月三日。本の発売日は八月四日なので、その前日までに配本されていたとすれば、このタイミングで『ミートナカムラ』さんは発売前の本を入手できます」

「つまり……文夏さんが発売日の前日に本を『ミートナカムラ』さんに渡して、それで『ミートナカムラ』の誰かが脅迫状を作成したってこと？」

都久音は上の空のように呟く。

「何のために？」

「それはまだわからないけど……ただ、文夏お姉ちゃん、お店の経営が大変だったみたいだから」

お金に困って、なにかの犯罪に手を貸したということだろうか。まさか、という思いと、もしかしたら、という不安が胸中でせめぎ合う。あの文夏さんが、そんな道に外れた真似をするだろうか？　移動販売など新しいサービスを考えて頑張っている、あの明るく優しい「本屋のお姉ちゃん」が？

でも、「貧すれば鈍する」――。

「けど、これでますます確信が深まったよね」万穂が、意味深な口調で呟く。

「確信？　何の？」

「ダイニング・メッセージの。冷蔵・冷凍トラックなら、やっぱり『チルド室』でしょう？」

まだこだわっていたのか。万穂はあまり冗談を言わない性格なので、本気なのかふざけているのか判断がつきにくい。

「とにかく」桃が話を切り替えるように、「これ以上、ここで議論していても仕方ないよ。あとは文夏お姉ちゃんに直接訊いてみるしかない。移動販売の車を追おうよ。確かお店のホームページに、巡回ルートが――」

「あ――桃ちゃん、危ない」

梓が桃の腕を引っ張った。背後からエンジン音が聞こえ、一台のシルバーのバンが路地を徐行してくる。

「……あれ？」

やってきた車を見て、桃が声を上げた。

都久音も驚く。バンのフロントガラス越しに見えるのは、なんと当の「本好書店」のオーナー、文夏さん本人だった。

彼女もこちらに気付き、プップーと軽くクラクションを鳴らしてくる。

「ヤッホー。あれからずっとここでおしゃべり？　若いねー」

「あ、いえ、その……文夏さん、移動販売は？」

「ああ、うん。五時まで回る予定だったけど、予報通り天気が怪しくなってきたから、早めに切り上げてきちゃった。もしかして、うちが開くの待ってた？　だったらごめんねー」

サバサバした口調で答えてから、バンを書店裏の駐車スペースに停める。彼女の言う通り、いつの間にか空が不穏な灰色に変わっていた。そういえば、今日は大雨の予報だったんだっけ。不気味に黒ずんでいく空模様に、言い知れぬ胸騒ぎを覚える。

「都久音……」

万穂が都久音の上着の裾をつまみ、目で問いかけてきた。その手には、例の写真を表示したスマホが握られている。千草から送信してもらったらしい。

都久音はごくりと唾を飲んだ。……これについて、訊けってこと？　でも、そんないきなり……。

「なによー。コソコソして」

車を降りた本好が、エプロンのポケットに手を突っ込みながら笑顔で近づいてくる。

「もしかして、うちの書店の陰口？　だったら直すから、どこが悪いか言ってよー」

都久音は思わず後ずさった。すると代わりに桃がスマホを奪い、思い切ったように本好の前に出る。

「あの、文夏お姉ちゃん」

「なにー？　桃ちゃん？」

「ちょっとこの写真、見てくれませんか。ここに写っているトラックについて、少しお訊きしたいんですが……」

どれどれ、と本好が桃の前にかがみこむ。

途端に、その表情が険しくなった。

急な顔色の変化に、都久音の心臓がドキンと跳ねる。この反応は、まさか……？

固唾《かたず》を呑んで見守る中、本好は桃の顔をじっと見て、静かに訊ねた。

「この写真、どこで？」

「あ、え、えっと……これは、知り合いのお姉さんが、台風の日に撮った写真で……」

「知り合いって誰？　その人と連絡つく？」

「あ、そ、その人って、わ、私の姉です」

万穂も狼狽《うろた》えた様子で、手を挙げる。

本好が無言で万穂を見た。それから順繰りに都久音たちの顔を見て、しばらく思案顔をする。

やがて溜息をつき、ふっと苦笑した。

「もう誤魔化《ごまか》せないか。実はね――あの台風の日、うちの書店、空き巣に入られたの」

5

「また振り出しに戻っちゃったね、都久音」

「うん……」

天ツ瀬川の土手道を歩きながら、都久音は万穂の言葉に力なく頷く。

本好の説明によると、あの台風の日、「本好書店」は窃盗の被害に遭っていたとのことだった。

その日、本好は台風の被害を警戒し、早めに店を閉めて両親とともに親戚宅に身を寄せていたらしい。その隙を突かれたそうだ。被害額は結構なもので、店頭に置いた本をごっそり持っていかれてしまったという。

「もちろん警察には届けたけど」と、本好は疲れの滲《にじ》む声で言っていた。「でも、外聞が悪いじゃない？　こう立て続けに商店街で犯罪が起きるなんて。ただでさえ再開発推進派の人たちからは、治安が悪いのは商店街に空き店舗が増えたせいだ、なんてやり玉に挙げられてるのに……。だから神山さんとも相談して、あまり大っぴらには言わないようにしてたんだ」

本好の話を聞くに、どうやら現在のぎんなみ商店街は、再開発の推進派と反対派で真っ二つに分かれているらしい。多勢なのは反対派で、その筆頭は例の神山らしいが、推進派は役所の地域振興課や外部の企業を巻き込んだりと、なかなか攻防が激しいようだ。

ちなみに今、こうしてわざわざ人気《ひとけ》のない天ツ瀬川の河原くんだりまで来たのも、話の内容を商店街の人間に聞かれないためである。まあそういった政治的な事情はともかく——あの写真に写っていたトラックは、そのときの窃盗犯のもの、というわけらしい。

また本好が言うには、例のムック本もそのときにすべて盗まれたそうだ。橋が壊れたのは台風の日の深夜らしいから、窃盗犯グループが盗んだ当日に脅迫状も作成していたとすれば、あの橋を指定していたとしても特に矛盾はない。あの脅迫状がまだ切り抜き文字だけだったのも、犯人たちが後日、橋が壊れたことを知り、途中で作成を止めたと考えれば辻褄《つじつま》が合う。

だとすれば、本好自身は脅迫状とは無関係——万穂の言う「振り出しに戻った」とは、つまりそういう意味である。

「でも、そのムック本の切り抜きが、『ミートナカムラ』の業務用冷蔵庫から発見されたんだよね？」

川に向かって石を投げながら、梓が首を傾げて言う。

「ってことは、『ミートナカムラ』の社長が窃盗犯だったってこと？」

「いえ。そうとも限りません」

桃がツインテールを両手で引っ張りながら、じっと川の流れを見つめる。

「あの業務用冷蔵庫は電源が切られて、戸棚代わりに使われていました。だから切り抜きの紙が置いてあったんです。ということは、すでにそのとき『ミートナカムラ』さんは倉庫を使っていなかったことになります。

えっと、ようするに——その時点ですでに、『ミートナカムラ』のおじさんは夜逃げしていたんじゃないでしょうか。おじさんはいろんなところから借金していたみたいだから、その筋の人たちが、逃げたおじさんの身柄を押さえようとおじさんの会社や倉庫を占領して、待ち構えていたってことも充分考えられます。トラックも勝手に使われたのかもしれませんし、窃盗や脅迫状もその人たちの仕業《しわざ》なら、おじさんは無実です」

都久音は必死に頭の中で整理した。……ええとつまり、『ミートナカムラ』さんの倉庫に、誰かが勝手に入り込んでいたってこと？　その人たちがそこをアジトのように使って、窃盗や誘拐などの犯罪を行っていた？

「……だとすると、むしろ社長は被害者って可能性もあるよね」

万穂が硬い表情で、呟く。

「社長は夜逃げしたんじゃなくて、捕まって監禁されているのかも。最悪、殺されているかもしれない」

「え……それって、本当に危ない話じゃん」

梓も青ざめ、不安そうに都久音に訊ねる。

「どうする、都久音？　もしそうなら、こんなのもうウチらが首を突っ込めるレベルじゃないよ。警察に行かなきゃ」

「まさか……」

都久音の視線が川の上をさまよう。

「いくらなんでも、うちの商店街で殺人事件なんて……。それに結局、あのツアーは何だったの？　お姉ちゃんは誘拐されたの、されてないの？　どっちなの？」

全員が沈黙した。都久音の問いかけに、誰も答える者はいない。

「……行こう」

桃が土手道を引き返し始めた。都久音は訊き返す。

「どこに？」

「神山さんのところ。さっき文夏お姉ちゃんは、窃盗事件のことを神山さんとも相談した、って言ってた。だから神山さんもこの件は知っているはず。あの写真を見せれば、なにか新たな情報が得られるかも」

それはいいアイディアだ。都久音たちは同意し、桃のあとに続く。

ただ都久音の頭の中では、さきほどの神山の忠告がこだましていた。『探偵ごっこはほどほどにしときな。でないといつかは虎の尾を踏んで、痛い目を見るよ』――神山はいったい、なにをどこまで知っているのだろう？

そんなことを考えていると、ポツポツと顔になにかが当たり始めた。雨だ。見上げると、頭上にはだいぶ雨雲が広がっている。予報通り、天気が崩れ始めたようだ。

だだっ広い河原には、雨宿りできそうな場所はない。急がなきゃ――そう自然に駆け足になり始めた、そのとき。

ブッブー！

激しいクラクションとともに、一台のトラックがすぐ脇を通り過ぎた。

都久音は転げるように道端に避ける。通り際、トラックのミラーが頭のすぐそばをかすめたような気がして、ゾッとした。ちょっと……狭い道でスピード出しすぎじゃない？

「なんだ、今の車？　あっぶないなあ」

梓も怒り顔で、去り行くトラックに向かい拳を振り上げる。

「いったあ……なにこれ？」

万穂が頭をさすりつつ、しゃがみこんだ。都久音たちはハッとして、慌てて一斉に駆け寄る。

「どうした、万穂⁉」「大丈夫ですか⁉」「車にぶつかった⁉」

「ううん。当たったのはこれ。窓から投げつけられたみたい。なんだろう……ゴミ？」

拾ったものを見せてくる。固く丸めた紙くずだった。マナーも最悪だ、あのドライバー。女子高生に恨みでもあるのだろうか。

トラックの去った方角を睨みつけようとしたところで、桃が地蔵のように棒立ちしていることに気付いた。

「どうかした、桃？」

ワンテンポ遅れて、桃は答える。

「エバポレータだ」

「エバ……なに？」

「今のトラック、荷台の前方上部が突き出ていた。あれはエバポレータ……熱交換器だよ。エアコンと一緒。つまりあの車は、冷蔵・冷凍トラックだ」

え、と都久音たちの動きが止まる。

「もしかして……今のトラックが、『ミートナカムラ』さんの車だったってこと？」

「わからない。急に来たから、細かいところまでは確認できなかったし……」

そこで万穂が、血の気の引いた顔でなにかを差し出してきた。

「都久音。これ……」

先ほどの紙くずだった。丸まっていた物を広げたらしい。何気なく紙面に目をやった都久音は、そこに貼られた文字を見て表情が凍り付く。

これ以上　事件　に　関わる　な。　でない　と　命　落とす

え？　え？　と梓が紙を二度見した。

「なにこれ、脅迫状？　私たちに？」

「わからない。でもあの投げ方は、明らかに私を狙ったとしか……」

「桃」都久音も上ずった声で、「この切り抜き文字って、やっぱりあのムック本の？」

「待って、都久姉ちゃん。今調べて――」

「危ない、桃ちゃん！」

梓が桃を突き飛ばした。えっ？　と思った次の瞬間、再び轟音《ごうおん》が響き、激しい震動とともにトラックがすぐ脇を走り抜ける。

Uターンしてきたらしい。何とか土手の端に逃げて振り返ると、トラックは少し離れたところで再び停止し、河原の空き地を使ってまた方向を変え始めた。今度は一気に近寄っては来ず、遠くから威圧するようにじりじりと距離を詰めてくる。

「――逃げよう！」

桃が叫んだ。

その声に突き動かされるように、都久音たちは一斉に走り出す。

6

「……ここ、どこ？　桃」

「わからない」

破《わ》れたトタン屋根から、雨のしぶきが吹き付ける。

都久音たちがたどり着いたのは、管理小屋のような場所だった。天ッ瀬川沿いに広がる緑地帯の一角で、自然保護区域のため手つかずの森が残っている。

あれから都久音たちは土手を越え、その森の中へと逃げ込んだのだった。ただ夢中で走り回ったため、現在地がつかめないでいる。スマホの地図アプリも確認したが、雨雲でＧＰＳの精度が悪いのか、位置は川の上を指していた。近くに林道は見えるが、左右どちらに向かえば森を抜けられるかわからない。

途中から豪雨に見舞われたため、全員ずぶ濡《ぬ》れだった。しかも万穂はぬかるみで足を滑らせ、泥だらけである。途中で息切れした万穂をおぶって走った梓もへとへとで、今は死んだように床に仰向《あおむ》けに転がっていた。桃は逃げ始めてからずっと表情が暗く、口数も少ない。

満身創痍《そうい》。そんな言葉がふと頭に浮かぶ。

「結局……あのトラックのドライバーって、誰だったんだろうね」

ぜえぜえと荒く呼吸しながら、梓が言う。

「やっぱり、『ミートナカムラ』の社長？　それとも、借金のカタに会社のトラックを奪った、もっと悪い人たち？」

「わかりません……けど」

桃が沈む声で言う。

「もっとわからないのは、なぜあのトラックは私たちを襲ってきたか、ってことです」

「私たちが、脅迫状の謎を追っているからじゃないの？」

万穂が泥を手で落としつつ、訊き返す。

「はい、それはその通りです。でも、じゃあ、どうしてあのトラックの運転手は知ってたんでしょうか？　私たちが脅迫状の謎を追っている、って」

桃の言葉に、都久音たちはハッと顔を見合わせた。そういえば確かに、どうしてわかったんだろう？

「……都久音。私たち、これまで誰に脅迫状のこと話した？」

万穂の問いに、都久音は指折り数える。

「ええと……まずあの場にいた神山さんに、『ダ・ココナット』の椰子島さんでしょ。マイカ先生にも話したし、万穂のお姉ちゃん……には、話してないか。藤崎さんに会ったのは脅迫状を見つける前だし、あとは……」

「本好さんには？」

「話した」

本好には、さきほど例の窃盗事件について聞いたときに、こちらの事情も話した。向こうの隠し事を知った以上、こちらも正直に話すべきだと思ったからだ。

「その中に、脅迫犯と繋がっている人がいるってこと？」

梓の問いに、都久音の肌がぞわっと粟立《あわだ》つ。

「まさか……」

「でも、それ以外考えられないよ」

桃が虚《うつ》ろな顔つきで言う。

「じゃあ、やっぱり怪しいのは本好さん？」万穂が首を捻る。「でも――」

「文夏お姉ちゃんには、動機がありません」桃が答える。「警察に窃盗の被害届を出したのは事実みたいですし、受理番号の控えも見せてもらいました。もし脅迫状がムック本を盗んだ窃盗犯の仕業なら、被害者の文夏お姉ちゃんが加害者の窃盗犯に協力するというのは、おかしな話だと思います」

そうだ、と都久音は頷く。文夏さんは窃盗の被害を受けた側。誰が泥棒にわざわざ協力なんてするだろうか。

「私――ちょっと思ったんだけど」万穂が濡れた髪をかき上げ、言う。「その本好さん自身も、脅迫されていたってことはない？」

「どういうこと、万穂？」

「だからね、梓。本好さん、その窃盗に入られたときに、本と一緒になにか大切なものでも盗まれたんじゃないかな？　それを返す代わりに協力しろって、窃盗犯に『脅迫』されて――」

「文夏さんの大切なものは、盗めないよ」

都久音は小屋の隅を見つめつつ、万穂の言葉を遮る。

「どうして」

「だって……文夏さんが一番大切にしてるのは、あのお店だもん」

都久音は三角座りで膝を引き寄せ、顎を乗せる。

「実は文夏さん、ああ見えて不登校だった時期があるんだ。教室で本を読んでいたらクラスのリーダー格っぽい女子にからかわれて、腹が立って反抗したら、それ以来イジメみたいな扱いを受けるようになったって……」

新店長就任のお祝いに行ったとき、照れくさそうに話していた本好の顔を思い出しながら、言った。彼女はそれで学校が嫌になり、行かなくなったらしい。しかし、店番中に商店街の面々がおしゃべりに来てくれたり、本を買いに来た同じ不登校の子と仲良くなれたりして、そのおかげでなんとか卒業まで乗り切れたという。

「だから文夏さんにとっては、あのお店自体が恩人みたいなもの。今でも似たような不登校の子たちが、息抜きや相談に来るらしいし。そんな文夏さんに、あのお店以上に大事なものなんて、きっとない」

やや熱くなりつつ言葉を切ると、妙にまわりが静かだった。気付くと、万穂と梓がやけに温かい眼差《まなざ》しでこちらを見ている。

「ふうん……」

「へえ……」

「な、なに？」

「いや、別に……ねえ、万穂？」

「私は地元愛ってよくわからないけど」万穂が言う。「都久音は、本当にあの商店街が好きなんだね？」

「そりゃあ、そうだよ。生まれ育ったところだもん。私だって、あの書店には大事な思い出があるし――」

そこで都久音はハッと口をつぐむ。聞き流してくれることを祈ったが、耳ざとい万穂はやはり逃さず、訊いてきた。

「都久音の大事な思い出って、なに？」

都久音は膝の間に顔をうずめる。

「内緒」


――それは本当に、取るに足らない悩みだ。

幼い都久音が、生まれて初めて直面した悩み。それは、名前のコンプレックス。

目立つのが嫌いな子供だった都久音は、名前を言うたびに「焼き鳥のつくね」とはやし立てられることが嫌で、自己紹介恐怖症に陥っていた。

その日も憂鬱《ゆううつ》な気分だった。来月に小学校の進級を控え、文房具を買いに姉の佐々美と「本好書店」に来ていた都久音は、自己紹介のことを考えて鬱々としていた。可愛い文具を見ても心が躍らず、現実逃避のように絵本のコーナーを眺めていると、ふいに優しそうな女性の店員に声をかけられた。

「絵本、好きなの?」

もう十年以上前の話で、その人は十代には見えなかったから、もちろん文夏さんではない。たぶんアルバイトの人だったと思う。その質問にコクリ、と都久音が頷くと、続けて店員が話しかけてきた。

「どのお話が、一番好き?」

都久音は無言で一冊の表紙を指さす。

「『ラプンツェル』か。いいよね、自分から王子様を探しに行っちゃうところとか。お嬢ちゃんは、彼女のどこが好き? やっぱり髪が長くて綺麗なところ?」

ううん、と都久音は首を振る。

「名前が、可愛いから」

表紙のカタカナを指で追いながら、都久音は答える。ラ・プ・ン・ツェ・ル。どの音一つとっても、素敵な名前だ。

「あのね……」と、都久音は恥ずかしくなりつつ付け加える。「私の名前、可愛くないの」

「え、どうして?」

「『つくね』って、食べ物の名前だから」

「そうか、つくねちゃんって言うんだ……。でも、食べ物の名前がついた女の子なんて、いっぱいいいない? 苺《いちご》ちゃんとか、蜜柑《みかん》ちゃんとか、杏《あんず》ちゃんとか」

「そういうのは、いいの」都久音はツンと唇を尖《とが》らす。「可愛いから。つくねは、可愛くないでしょ?」

「つくねだって、可愛いよ」

「可愛くない」

苺や蜜柑は「フルーツ」。つくねは「焼き鳥」だ。子供心には雲泥の差がある。

ふうん、と店員は都久音の隣にしゃがみこむと、都久音の手に添えるようにして、絵本のタイトルを指差した。

「でも、これだって『レタス』って意味だよ」

え、と都久音は驚く。

「ラプンツェルって、レタス？」

「そう。正確には――ラムズレタス？　とかいって、普通のレタスとはちょっと違うらしいけど。でも、サラダにして食べると美味《おい》しい野菜っていうのは、一緒」

都久音はあんぐりと口を開けた。レタス。ラプンツェルは、レタス。

「私も親だからわかるけど、子供の名前ってね、すごくいろいろ考えてつけるの。将来どういう子に育ってほしいとか、こういう人生を歩んでほしいとか。きっとつくねちゃんのご両親にとって、その名前は特別な意味を持つんだと思う。だからもし気になるんだったら、今度理由を訊いてみたら――あ、そうか」

そこで店員は初めて気付いたように、

「つくねちゃんって、もしかして『串真佐』さんちの子？」

都久音が頷くと、店員はにっこり笑う。

「なるほどね。あそこの焼き鳥、美味しいよね。私はすごく、いい名前だと思うけどなあ……」

なにかがふわりと頭に乗った。店員が肩にかけていた、黄緑色のストールだ。店員はそれで都久音の頭をくるりと包むと、悪戯《いたずら》っぽい目で微笑む。

「こんなふうにレタスでつくねを巻いたら、美味しいかもね」


──あの晩、レタスでつくねを巻いて食べたいって言って、お姉ちゃんを困らせたっけ。中学生になったら、貯《た》めたお小遣いで似たようなストールを買って……。

都久音が懐かしく思い返していると、万穂が怪訝《けげん》な顔つきで訊ねてきた。

「なに、都久音？　急にニマニマして。気持ち悪い」

都久音は真顔に戻る。

「とにかく、本好さんは無実だと思う」

「じゃあ、書店さんは関係ないとすると……」

梓が雨漏りする天井を見上げる。

「残るのは、あと三人。神山さんか、『ダ・ココナット』の店長さんか、マイカ先生ってことになるけど……」

「でも、あの脅迫状の切り抜きって、そもそも神山さんが持ってきた冷蔵庫から発見されたんだよね？」

万穂がハンカチで顔に付いた泥を拭う。

「もし神山さんが脅迫犯と繋がっているなら、そんな犯罪に繋がりそうな証拠、わざわざ外に持ち出してくる？」

「それもそうか。なら、同じ理由で『ダ・ココナット』の店長さんも違うかなあ。都久音たちに冷蔵庫を勧めてきたの、あの人だし」

「じゃあ、マイカ先生ってこと？」

「うーん……でも『知り合いが行方不明になった』って騒いでいるのは、当のマイカ先生だしなあ」

「そうか。誘拐して脅迫している側なら、黙っていたほうが都合いいもんね」

梓と万穂の会話を聞きながら、都久音も悩む。どれも筋が通っている気がするけど……じゃあいったい、誰が脅迫犯と繋がっているっていうの？

桃がスマホを手に持ち、急に立ち上がった。

「私、文夏お姉ちゃんに電話してみる」

「文夏さんに？　なんで？」

「文夏お姉ちゃんは、神山さんと相談して、窃盗事件を大っぴらにしないことに決めたって言ってた。それが文夏お姉ちゃんから言い出したことなら、別に問題ない。けれどももし、神山さん側から持ちかけた話だったとすれば……」

「そうか」万穂がパチンと指を鳴らす。「神山さんが事件に関与していて、それで相談に乗るふりをして、本好さんを口止めした——ってことも考えられるよね」

「はい。だから、そのあたりについて詳しく訊いてみます」

桃は少しスマホを見つめると、思い切った顔で電話をかける。ややあって、電話がつながった。

『桃ちゃん？　どうしたの？』

スマホから文夏さんの声が流れる。桃がこちらにも聞こえるよう、スピーカーモードにしたのだ。

「急にすみません、文夏お姉ちゃん。ちょっといいですか？」

『え？　ああ、うん。構わないけど――あれ？　雨の音が聞こえるけど、今どこから電話している？　大丈夫？　台風近づいているよ？』

「はい。もう家は目の前なので」

文夏さんを心配させないためだろう、桃が嘘《うそ》を吐《つ》く。続いてすぐに本題の質問を切り出すと、電話口からうーんとうなり声が聞こえた。

『隠すことをどっちから言い出したか、か。――どっちかと言えば、私から提案した感じかなあ。空き巣に入られたなんて、あまり威張れることじゃないしね。でも、どうして？』

「あ、いえ――」

本好のほうからだとわかり、桃が少しホッとした様子を見せる。するとなにかピンときたのか、本好は少し間を置き、逆に訊ねてきた。

『……もしかして、神山さんのことを疑ってる？』

桃が返事に困っていると、アハハと明るい笑い声が聞こえた。

『あの人なら大丈夫だよ。この商店街のみんなのことを一番考えてるのは、あの神山さんなんだから。ただ……』

本好が口ごもる。桃が訊き返した。

「ただ……何ですか？」

『いや、その……さっきのトラックの写真で、今一つ思い出したんだよね』

「なにをですか？」

『先々月くらいだったかなあ。移動販売で遠出しすぎて、深夜に帰宅したのね。そのとき、うちの近くの空き地に、〈ミートナカムラ〉さんのトラックが停まってたんだ。社名のロゴが見えたから、それは確か』

えっ、と桃が呟く。都久音たちもさらに聞き耳を立てる。

『倉庫の場所とは離れてるし、まるで人目を忍ぶように静かに停まってるから、どうしたのかなと思って様子を見てたんだよ。そしたらしばらくして、動き出して……。気になって後を追ってみたら、その車、なんと〈ダ・ココナット〉の裏手に停まったんだ』

「ええ？」

『〈ミートナカムラ〉のおじさん、荷台から冷凍肉の塊を出して、店の中に運び込んでた。中から椰子島さんも出てきたから、お互い承知済みだったと思う。そのときは、ああ食材の配達か、と思って帰ったんだけど――今考えてみると、そんな深夜にコソコソ隠れるように運んでいるのって、ちょっとおかしいよね？』

それは確かに変だ。都久音たちは無言で視線を交わす。ということは、つまり――「ダ・ココナット」の椰子島は、「ミートナカムラ」の社長と裏でなにか取引をしていた？

『思い出したっていうのは、そのこと。――ところで、桃ちゃんたちって、まだあの脅迫状のこと調べてんの？』

「あ、は、はい」

『危なくない？　あの写真は私が警察に届けておくから、あとはそっちに任せたら？　佐々美ちゃんのことと関係あるかどうかも、まだよくわかってないんでしょう？』

「はい……それは、まあ」

桃がお茶を濁す。今しがた、トラックに襲われかけたなどと言い出せる空気ではない。

それから話を適当にやり過ごして、桃が電話を切った。ふう、と雨音を縫って溜息が聞こえる。

「今の話、どう思う？　都久姉ちゃん」

桃が訊いてきた。うーん、と都久音は小さく唸る。

「椰子島さんが、『ミートナカムラ』のおじさんとなにか取引してたってことだよね。けど、椰子島さんはあそこから肉を仕入れていたみたいだし、別に取引があっても――」

「でも、深夜に配達するのって変じゃない？」と、梓。

「なにか予定があって、昼間配達できなかったのかも」

「じゃあ、コソコソしてたのは？」

「深夜だから、近所に迷惑かけないために静かに作業してたとか……そもそも『コソコソしてた』っていうのも、文夏さんのただの印象だし」

「ねえ」そこで万穂が口を挟んだ。「もしかして、横流しってことは？」

「横流し？」

「賞味期限切れの肉とか、なにか事情があって廃棄予定だった肉を、こっそり安値で譲っていたとか。だったら人目に付かないようにした理由もわかるし」

まさか、と都久音は否定しようとして、ふと椰子島が冷蔵庫の権利を気安く譲ってくれたことを思い出した。もしかして……あの太っ腹な態度は、すでに不正行為で充分に儲《もう》けていたから？

「……やっぱり、警察に任せようか？」

都久音の口から、つい弱気な言葉が漏れた。

「でも警察は、きっと佐々姉ちゃんのことまでは調べてくれないよ」

桃が反論する。

「うん……。だけど、文夏さんの言う通り、このことがお姉ちゃんの誘拐と関係しているかわからないし。そもそも誘拐かどうかも、定かじゃないし……」

都久音は鳴らない携帯を見つめる。試しにもう一度だけ佐々美に電話してみたが、やはり繋がらなかった。本当に……姉はいったい、今どこでどうしているんだろう？

「あ」

梓が天井を見上げて、呟いた。

「雨、少し弱くなった」

都久音もつられて天井を見上げる。確かにさっきまで機関銃みたいだった雨音が、気持ち小さくなっている。

「とにかく、ここを出よう」桃が戸口から外を覗きつつ、言った。「さっき、町内放送の警報っぽい音が聞こえたんだ。天ツ瀬川、また氾濫するかもしれない」

7

濁流が、川岸の高さまで迫っていた。

荒ぶる天ッ瀬川を横目に土手を走りながら、都久音は少しゾッとする。ついさっきまで、水位はもっと低かった気がするが。この調子だと、雨脚が強まったら一気に土手を乗り越えてきてしまうかもしれない。銀波寺の伝承にもあるように、昔から天ッ瀬川の氾濫は多い。

おのずと駆け足になる。遠くに見える街明かりを目指して走るが、土手道を外れて川沿いの車道に下りた途端、ふと車のエンジン音が聞こえた気がして、都久音は反射的に立ち止まった。

見ると、雨の中、前方から車のヘッドライトが近づいてきている。

またあのトラック？　一瞬緊張するが、すぐに胸を撫《な》で下ろす。

違う。トラックではない。黒いワゴン車だ。

おそらく無関係な車だろう。都久音たちは道を開けるために、路肩に避ける。すると車は少し通り過ぎたところで、キッと急停車した。驚いた都久音たちが振り向くと、続けて助手席の窓ガラスがウィーンと下がる。

中から、聞き覚えのあるしゃがれ声がした。

「おやまあ。こんなところで何してんだい、アンタら」

――神山さん!?

安堵《あんど》すると同時に、困惑する。どうして神山さんがここに？

「もしかしてアンタらも、野次馬根性で川を見に来たクチかい？　念のために見回りに来てみれば……」

「いいえ。私たちは――」

「いいから、まずは乗りな。ずぶ濡れじゃないか」

神山が車を降りて、スライドドアを開ける。都久音たちは無理やり押し込まれる形で乗り込んだ。運転席にいた男性がタオルを渡してきたので、都久音は礼を言おうとして、またギョッとする。

「ダ・ココナット」の店主、椰子島吾郎さん。

どうして、椰子島さんまでここに？

桃たちも目を丸くする。神山は自分も後部座席に乗り込んでドアを閉めると、サッカーボールでも磨くように乱暴に桃の頭をタオルで拭き始めた。

「いやね。この前の台風で、バカな大学生どもが川に流されかけて大騒ぎになっただろう？　もうあんな騒ぎはごめんだから、商店街の組合連中で相談して、交代で見回りすることにしたのさ。アタシの占いでも凶と出てたしね。しかしまさか、アンタらが引っかかるとはね」

「あの……どうして、椰子島さんも一緒に？」

「ああ？　なんでって、さっきまで吾郎さんと一緒にいたからだけど――なんだい、なにを勘ぐってんだい。いやらしいね」

神山は顔をしかめると、タオルを都久音に投げつける。それから運転席に向かって言った。

「仕方ないね。吾郎さん、いったん商店街まで戻ってくれるかい？　このバカ娘どもが風邪ひいちまう」

了解です、と椰子島が答えて、車を発進させる。

ワイパーに弾《はじ》かれる雨粒を見ながら、ムクムクと疑念が湧き上がった。神山さんたちが来たのは、本当にそれが理由？　私たちと会ったのは、本当にただの偶然？　もしさっきのトラックから連絡を受けて、ここまで探しに来たのだとしたら――。

いや……さすがにそれは考えすぎか。

隣で悪態をつきながらも甲斐甲斐《かいがい》しく妹や友人たちを世話する神山を見て、都久音は必死に自分に言い聞かせる。災害などの非常時に商店街のみんなが協力し合うのは、いつものことだ。それに例の債権の件で神山が椰子島と一緒にいたのなら、そのまま行動を共にしていてもおかしくない。川は一本だし、同じ川沿いの道を走っていれば必ずどこかで遭遇する。

椰子島だって、別に不正行為を働いていたと決まったわけじゃない。大丈夫。心配ない。だってこの人たちは、同じ商店街の仲間――。

しかしそんな考えも、次に桃が発した一言で霧散した。

「ダメだ、都久姉ちゃん！」

座席の足元を見つめていた桃が、急に驚愕《きょうがく》の表情で腰を上げ、叫ぶ。

「逃げよう！」

車が十字路で一時停止すると同時に、桃がスライドドアを開け放った。

都久音の腕を摑《つか》み、雨の中に飛び出す。つられて万穂と梓も飛び出した。神山たちは何が起こったか理解できないのか、制止の言葉さえ聞こえてこない。

桃に引っ張られるようにして走りつつ、都久音はその背中に呼びかけた。

「ま、待って、桃！　なんで逃げるの⁉」

「見たんだ！」桃が叫び返す。「あの二人のどっちかが、窃盗犯と繋がっている証拠を！」

「証拠って？」

「あの焼き鳥特集のムック本！　座席の下に落ちてた！」

え？　と耳を疑う。本当に？　本好さんの話では、書店に届いた分はすべて台風の日に盗まれたはずだ。確かにそれがあるなら、窃盗犯と繋がっている証拠になりうるが——。

「お待ち！　どこ行くんだい！」

ようやく神山の怒声が聞こえた。都久音の足が一瞬止まりかける。が、桃に強く腕を引っ張られ、後ろ髪を引かれる思いで土手を駆けあがった。振り向くと、梓が万穂に肩を貸しながら後を追ってきている。腹を決めて走り出すと、しばらく神山と椰子島の呼び声が背中を追いかけてきた。しかしだんだんその声も遠くなり、やがて雨音に負けて聞こえなくなる。


ごうごうと、激しい川音が鼓膜に轟《とどろ》いた。

目の前に橋があった。たもとの柱には「聖天橋」とある。古い橋で、地元の農業関係者くらいしか使わない。幅も狭く、人が数人、並んで通れるかどうかという程度だ。

あれから都久音たちは細いあぜ道を突っ走り、この橋までたどり着いたのだった。ただし周囲には遮る物がなく、遠くからこちらの姿は丸見え。振り返ると、今しも田畑の間を縫って神山たちのワゴン車が近づいてくるのが見えた。追いつかれるのは時間の問題だ。

ぐずぐずしている暇はない。いざ橋を渡ろうとして、つい足が竦《すく》んだ。この豪雨のせいで、川の水位は橋のギリギリまで達している。

時折波が来ては橋げたにぶつかり、高い飛沫《しぶき》をあげていた。もし渡っている最中、あれより高い波がきたら――足元の濁流を見下ろし、ゾッと体を震わせる。

「行こう、都久姉ちゃん」

桃が手を引いて歩き出す。都久音は反射的に足を踏ん張り、抵抗した。

「待って、桃。この橋、なんか怖い」

「大丈夫。走り抜ければすぐだから」

「ねえ、桃。もう一度よく考えてみない？　神山さんや椰子島さんがそんなこと――」

「私だって、信じたくないよ」桃は袖で顔を拭いつつ、「でも、現実を見なきゃ。あの脅迫状にムック本の切り抜きが使われていたのは事実だし、ムック本があの二人の乗る車から発見されたのも事実。仮に脅迫状と直接関係なくても、あのムック本はすべて発売前に文夏お姉ちゃんの店から盗まれてしまっているから、少なくともどっちかが窃盗犯と繋がっていることはもう疑いない」

「それって本当にあの本だったの？　見間違いってことは？　それに、ほかの人の忘れ物ってことも――」

「泥棒が盗んだ物を、わざわざ他人の車に置き忘れる？　絶対見間違いでもないよ。とにかく、あの二人を信用しきれない以上、ここで捕まるわけにはいかない。考えてみれば、袴田《はかまだ》さんのときだって……」

桃の言葉に、都久音も「袴田商店」で起きた事件のことを思い出す。あのときも神山は、なにか裏の事情を知っているような空気を匂わせつつ、都久音たちにそれ以上首を突っ込まないよう忠告してきたのだった。

今回もそれと同じで、神山はなにか事件に絡んでいるのかもしれない。神山は面倒見のいい気さくな人柄だが、商売柄、金銭関係のトラブルの噂《うわさ》は多い。若いころは夜の世界で幅を利かせていた時代もあったそうだし、決して品行方正な人物というわけではない。経営難の商店街の店を助けるために、「ミートナカムラ」や「ダ・ココナット」の不正を知ってて見逃していたとすればーー。

「おーい、ダメだ、都久音ちゃん！」

遠くから、椰子島の声が聞こえた。

「そこに立ち入り禁止のロープが見えるだろう！　その橋は、この前の氾濫で壊れかけているんだ。その人数で渡ったりしたらーー」

「戻りな、バカ娘ども！」神山も声を張り上げる。「その歳《とし》で身投げでもするつもりかい！　なにを慌ててるのか知らないけど、これ以上面倒事起こすんじゃないよ！」

「……戻っちゃダメだ、都久姉ちゃん」

桃が都久音の手を強く握る。

「罠《わな》かも」

しかしそう言う割には、桃の足もその場に留《とど》まったままだった。引っ張る力も心なしか弱い。

やはり橋を渡るのが怖いのか。それとも――神山たちを信じたいという気持ちと、戦っているのか。

信じたい。都久音だって信じたい。

この商店街で生まれ育った都久音には、街には愛着しかない。初めて自分でお金を出して買い物したスーパー。母親が急に熱を出し、不安になりながら姉と薬を買いに行った小さな薬局。母親の紹介で照れつつ行った美容室、ワクワクした夏祭りのイベント、学校帰りに友達と隠れて買い食いしたたこ焼き店。「本好書店」のみならず、商店街の店一つ一つに、大切にしたい思い出がある。

だから同時に、どれだけ今この街が苦しいかもわかっている。人口減や物価高で経営不振のスーパー。量販店やネット通販に押され気味の個人店。客足はここ十数年で目に見えて減っているし、後継者問題でやむなく廃業を決める店舗もある。

貧すれば鈍する、だ。余裕があるうちは善人でいられても、余裕を失えばすぐに道を踏み外してしまうのが人間というものかもしれない。だから「袴田商店」の店主も詐欺めいた行為に走ってしまったし、「エンジェル楽器」の店主も、自分の家族を守るために不幸を他人におしつけるしかなかった。

だからこそ――都久音は怖い。

勘違いならいい。もし不正行為が事実ならショックはショックだが、まだ何とか現実を受け止められる。

都久音が本当に恐れるのは、神山たちがその罪を認めた上で、自分たちに協力を求めてきた場合だ。

すべて事情を説明された上で、「見逃してくれ」と言われたら？　商店街のみんなを救うため、黙っておいてくれと頭を下げて頼まれたら？

はたして自分に断れるだろうか。相手が袴田一人だったときとは違う。今では再開発の話も出ているし、それは下手《へた》をすると、商店街の命運そのものを決めてしまうような重大な決断なのかもしれない。

そんな話は荷が重すぎるし、とても自分には決められない。決められないし――決めたくもない。

視線を上げれば、雨に煙《けぶ》る聖天橋の橋げたが見えた。これを渡れば――これを渡って、知らぬ顔を決め込んでしまえば。あとはきっと、誰かがいいように処理してくれるだろう。本好さんが持ち込んだ写真で警察が動くかもしれないし、逆に神山さんが手を回して、何もなかったことにしてしまうかもしれない。どっちでもいい。自分はただ、成り行きを見守るだけ。

それなら自分に何の責任もない。すべては天に任せ、ただのなにも知らない無辜《むこ》の傍観者として、だんまりを決め込んでしまえばいい。

そう。この聖天様の名のつく橋を渡れば。

聖天様――。

「都久音」

すると、万穂の声が聞こえた。

「私は商店街の人たちのことはよくわからないから、判断は都久音に任せる。でも、これだけは聞いて。私、都久音んちの焼き鳥が好き。初めて食べたとき感動した。ただ美味しいってだけじゃなくて、なんていうのかな――」

冷たい雨の音に、温かな響きが混じる。

「すごく、まっとうな味がした」

前に踏み出しかけた都久音の足が止まった。

――そうだ。こんな無責任な逃げ方をしてはいけない。

そんなのはうちの店のやり方ではない。それはうちの味ではない。向き合おう、現実と。父親が頑固に店の味を守り続けるように、娘の自分も自分自身に対して誠実であるべきだ。

振り返ろうとして、ふと気付く。どこに出しても恥じることない、まっとうなうちの味――それがきっと、「つくね」という名前に込められた意味。

ずっと商店街を見守ってきてくれた聖天様に、恥じない行いを。

――焼き鳥。

そうか。

ふっと、雨音が遠のいた気がした。

都久音は目を閉じ、大きく息をつく。すっと肩の力が抜けた。痛いくらいに手首を握る桃の手をそっと外し、その小さな掌《てのひら》を優しく握り返す。

「大丈夫。引き返そう、桃」

8

目の前で、一人の女性がうなだれていた。

シャッターの閉まった店内。半分だけついた電灯は薄暗く、店頭の棚にかけられた透明なビニールカバーが律儀に光を反射している。規則正しく耳を打つ、雨だれの音。顔に水滴を感じたのは、気のせいだろうか。

女性がやつれ顔で、眼鏡にかかった髪をかきあげる。

「本好書店」の若きオーナー、本好文夏さん。

都久音たち——神山と椰子島も含む——は、今しも彼女の告白を聞き終えたところだった。窃盗犯と繋がっていたのは、やはり文夏さんだった。今回の一連の騒動は、すべて彼女を起点に始まっていたのだ。

「……かなわないなあ」

やがて本好が、空元気を出すように笑って言った。

「まさかお肉のことから、嘘を見抜かれちゃうなんてね。都久音ちゃんも、さすが焼き鳥屋さんの娘ってところだね」

本好がついた嘘。それは、彼女が最後の電話で言った、「ミートナカムラ」と「ダ・ココナット」の深夜の取引のことだ。

あのとき本好は、「ミートナカムラ」のトラックが「静かに」空き地に停まっていたと言った。

しかし、桃が前に見学させてもらったときには、社長は「常に積み荷を冷やしておかなきゃいけない」ので、「エンジンを止められない」と答えた。

だからあのトラックが肉を運んでいる限り、エンジン音がしていなければおかしいのだ。つまりあの証言自体が、嫌疑を椰子島のほうに向ける嘘――万穂たちではないが、まさに「チルド室の肉」が鍵だったのだ。

「でもさ、都久音」梓が首を傾げて訊く。「じゃあ、さっき桃ちゃんが車で見たって言う、例のムック本はなんだったの？　ただの見間違い？」

「ううん。あれは見本」

「見本？」

あのムック本には「ダ・ココナット」の「ベトナム風焼き鳥」のレシピが載っていた。つまり椰子島も取材を受けた一人だったということだ。ならば都久音のところと同様、椰子島にも見本が送られていてもおかしくない。

本好が立ち上がり、椰子島に向かい頭を下げる。

「申し訳ありません、椰子島さん。私、都久音ちゃんたちから脅迫状の話を聞いて、つい焦っちゃったんです。それで、別の誰かに疑いを向ければ、誤魔化せるんじゃないかって――」

「じゃあ、私たちを襲ったトラックも……」

「うん、私。怖い思いさせちゃってごめんね、都久音ちゃん。でも、このまま都久音ちゃんたちがこのことに深入りしたら、もっと危ない目に遭うと思って……」

本好が組んでいた窃盗犯の正体は、どうやら最近巷《ちまた》を騒がせている外国人犯罪グループらしく、

「ミートナカムラ」の社長の失踪にも絡んでいるそうだ。それで本好は都久音たちの身を案じて、早めに手を引かせようと乱暴な手段に出たらしい。

「しかし、まだよくわからないんだが」

椰子島が顎鬚を撫でつつ、首を傾げる。

「どうして本好さんは、そんな連中と手を組んだんだい？　そんな相手に本を横流ししても、大した儲けにはならないだろう」

「それは――」

「保険だよ」

神山が、ぶっきらぼうな口調で会話に割り込む。

「この子の店は、しょっちゅう万引きに悩まされていたからね。それで苦し紛れに、こんな手を打ったんだ」

「保険？　でも確か、万引きに保険は――」

「そうさ。万引きに保険は下りない。だからこの子は窃盗犯と手を組んだのさ。店を開けている間の万引きには保険は下りないけど、店を閉めている間の窃盗なら、盗難保険が下りるからね」

あっ、と都久音は思った。そうか、文夏さんはそれで……。万引きされた商品も一緒に盗まれたことにしてしまえば、損は発生しないどころか、保険金でプラスになる。

「まあ、小学校の通信簿がワンツーフィニッシュだったこの子に、そんな悪知恵が働くとは思えないからね。おおかた袴田さんのときと同じで、裏で手引きした悪党がいるんだろ。ただ正直、がっかりだよ。アンタは若い子にしちゃ珍しく、一本筋の通った人間だと思ってたんだけどね……」

本好の目が潤んだ。気丈に上げていた顔から涙が伝い落ち、彼女はエプロンの裾でそれを拭う。

「本当に……ごめんなさい。私がバカでした。そもそも店を継いだのも、この商店街をまた昔みたいに盛り上げるためだったのに。なのに、なんで……私、こんなことを……」

しばらく嗚咽《おえつ》が続く。やがて本好は顔を上げると、決心した表情で言った。

「私、警察に自首してきます。だから、神山さん。こんなこと、とてもお願いできた義理じゃないんですが……。うちの両親のことだけは、どうか……」

神山が、ふうと溜息をついた。

「アンタも、まだまだガキだね」

「え?」

「こうキナ臭い事件が立て続けに起きて、アタシが警戒しないはずがないだろ。アンタから窃盗事件のあとの処理を相談されたとき、妙に保険のことを気にするから、ピンと来たのさ。それでアンタと付き合いのある保険屋を押さえて、少し待ってくれって頼んでいたところ。アンタもまだ保険金、受け取ってないだろ?」

本好の目が丸くなる。神山は立ち上がると、長話に疲れたとばかり腰を伸ばして歩き出す。

「まあ詐欺ってのは、未遂でも罪になるらしいけどね。そのあたりは、こっちで何とかしとくよ。警察にも少しは顔が利くしね。そのために可愛い弟を、地元の有力者のところに婿にやってんだ」

「あ……」

本好が呆然《ぼうぜん》とする。少しして、腰から力が抜けたように椅子から滑り落ちた。神山はそちらを見向きもせずに、店の一角で足を止めると、平台に置いてあった一冊の絵本に手を伸ばす。

「本当に、金の工面とか、商店街をもり立てるとかよりなにより……若いもんを育てるってのが、一番の難題だね」

その表紙に描かれた百合の絵を指先で撫でつつ、ポツリと言った。

「でもまあ——まっとうに育ってるほうだよ、アンタらは」


「一応、これで解決したのかな……？」

帰り道、商店街のアーケードを歩きながら、桃が首を傾げる。

「うん、まあ」都久音も頬に手を当てる。「文夏さんも、詐欺については話を持ちかけてきた人の指示を聞いただけで、犯罪グループとは深く関わってないって言うし。クェンさんや『ミートナカムラ』のおじさんのことはその犯罪グループを調べればわかりそうだし、あとは神山さんに任せておけば、丸く収まるんじゃない？」

「その『話を持ちかけてきた人』って、誰だろうね？」

「さあ……」

それについては、詳しくは訊けなかった。神山は心当たりがありそうだったが、「アンタらには関係ないことだよ」と取り付く島もなかった。そういえば「袴田商店」の事件のときも、店主の袴田さんは誰かを庇《かば》っているようだったが……この街には、皆があまり口にしたくない、黒幕のような存在がいるのだろうか？

ちなみに神山はあのあと、「占いでまだ凶方と出てるから」と再び川の見回りに戻っていった。

口は悪いが、なんやかんやで面倒見がいい。そのあたりが商店街のみんなの信用を得ている理由かもしれない。

桃がうーんと、しぶとく唸り続ける。

「でも、なにか忘れてる気がしない？」

「うん……」

何だろう。確かにどこか、喉に小骨が引っかかったような感覚がある。

しばらく考えていると、隣を歩いていた梓と万穂が「あ」と顔を見合わせ、同時に叫んだ。

「そうだ、ダイニング・メッセージ！」

「都久音のお姉さん！」

ああ！と都久音も叫びかけた。そうだ、お姉ちゃんはどうしたんだろう⁉

本好の件は、結局ツアーと関係なかった。ただ当のツアー会社の素性もよくわからないので、もしかしたら裏で犯罪グループとなにか繋がっているのかもしれない。あの脅迫状の作成された意図も、結局よくわからないままだし……。

「あ！お、おい、都久音ちゃん！」

そこでいきなり肩を摑まれた。驚いて振り向くと、角刈りにねじり鉢巻きの男性が焦燥した様子でこちらを見ている。――「ラーメン藤崎」の店主、藤崎さん。

「わっ。急に何ですか、藤崎さん」

「あのな――落ち着いて聞いてくれよ、都久音ちゃん。実は――その、なんだ――えっとよ、都久音ちゃん――」

「藤崎さんが、落ち着いてください」

「『ミートナカムラ』の親父が、見つかったんだよ！」

え？　都久音たちは一斉に声を上げる。

「本当ですか？」

「ああ。あの親父、やっぱり金を借りた連中に捕まってたらしいや。その相手ってのが、最近この商店街を荒らしている外国人の犯罪組織でよ。冷酷な連中で、危うくどこかの漁船に売り飛ばされそうになってたところを、命からがら逃げ出してきたって――で、でな、都久音ちゃん」

藤崎がごくりとつばを飲み込む。

「その親父が、言ってたんだよ。そいつら、人身売買か臓器売買にも手を出しているかもしれないって」

「人身売買か……臓器売買？」

「ああ。親父が言うには、逃げた漁船の冷凍庫に、『誰か』が入れられていたらしいんだ」

「誰か？」

「ああ。しかもその連中、その『誰か』のことをこう呼んでたって――」

藤崎が一瞬、言葉を喉に詰まらせる。

「その……『佐々美』って……」


――え？

「うわー、カバンの中までびしょびしょ。やっぱり傘持ってけばよかったー」

背後から聞き覚えのある声がした。

「ただいまー、都久音。あ、桃もいる。みんなでこれから、藤崎さんのところで食事？　よかったー、私も混ぜて。おなかはパンパンだけど、もう体が冷え切っちゃって冷え切っちゃって。あったかいお茶でも飲みたいよー」

唖然《あぜん》として、振り返る。そこには佐々美の姿があった。濡れそぼったネズミみたいな格好で、首に巻いた黄緑色のストールもびしょ濡れ。両手にはビニールカバーをした大きな紙袋を提げている。

「お……姉……ちゃん？」

「なによ。幽霊でも見たような顔をして」

藤崎の顎が、がくんと外れんばかりに落ちた。万穂と梓がひいっと手を取り合い、桃も目を皿のように丸くする。

「あ、ありゃあ？　佐々美ちゃん？　なんで？」

「どうして――佐々姉ちゃん――今まで、いったいどこに――」

「どこって」

佐々美はキョトンとしつつ、答える。

「だから、グルメツアーだけど？」

9

「はい、これお土産ー。こっちは豚肉のパテ。私、パテって苦手なんだけど、これはめっちゃ美味しかった」

自宅の茶の間で、紙袋から次々と土産物を出しながら、姉が嬉々《きき》として説明する。

見ての通り、佐々美は無事だった。すべては「ミートナカムラ」の社長の早とちりだったのだ。

あれからあらためて藤崎が確認したところ、社長は犯罪グループが船に盗品の肉を積んでいたことを思い出した。つまり冷凍庫に入っていたのは人間の「佐々美」ではなく、盗んだ鶏肉の「笹身《ささみ》」——社長は犯罪グループに「臓器を売り飛ばす」などとさんざん脅されていたので、つい思考がそちらのほうへ向かってしまったようだ。

暢気《のんき》にはしゃぐ姉を見て、桃が脱力した顔で呟く。

「……なにその、落語の地口落《じぐちお》ちみたいな話」

まったくだ。

結局のところ、あのツアーは本当にただのグルメツアーだったらしい。姉が存在しない「チルド室の鶏肉」のことを伝えてきたのは、普通にただの勘違い。あの姉の人となりを考えればそれ以外の答えはなかったのだが、万穂と梓の勢いについ呑まれてしまった。

その当の万穂と梓といえば、今は呆《ほう》けた顔をして卓袱台《ちゃぶだい》で茶をすすっていた。自分たちの推理がまったく的外れだったことに徒労を感じたのだろう。そのまま帰すのも忍びないので、騒がせたお詫びも兼ねて、実家の焼き鳥でもご馳走《ちそう》しようと都久音は自宅に招いた次第である。

ただ、ツアー会社は犯罪グループと全く無関係というわけでもないようだ。同じく「ミートナカムラ」の社長によると、グルメツアーに協力しているフレンチレストランのスタッフが、そのグループの一員だったという。

「そのレストランって、この前佐々姉ちゃんがお見合いしたところじゃない？」レストランの名前を聞いて、桃が気付いた。「ほら。『エンジェル楽器』の長谷川さんに誘われて行ったら、すごいイケメンがいてお見合いどころじゃなかった、っていう……」

「もしかしてその人が、犯罪グループの一員？」

「違うと思う」桃はやや食い気味に、「だってそのイケメンの人って、木暮さんのお兄さんみたいだから」

「木暮さん？　ああ、前に桃が連絡先を交換した……へえ、あの子のお兄さんって料理人なんだ。お姉ちゃん、その人ってツアースタッフの中にいた？」

「どうだったかな……。確かにイケメンの料理人はいた気がするけど。出てくる料理に夢中で、よく見てなかった」

そういうところだぞ、と突っ込みたくなる気持ちを都久音は抑える。姉妹の恋愛格差はともかく、やはりあのツアー会社はどこか怪しそうだ。

けどまあ……そこまでは、自分の心配することじゃないか、と、都久音は棚に祀《まつ》られた聖天様のお札を見て思う。その先は聖天様におまかせ、だ。ちなみにあのあと、「聖天橋」は増水する川の勢いに負け、やはり壊れてしまったらしい。もしあのとき無理に渡ろうとしていたら、と思うとゾッとする。

「都久音ー！　鶏、焼けたから、持っていきなさい！」

住居に併設する店舗のほうから、母親の声が聞こえた。途端に万穂と梓の目が生気を取り戻す。いつもなら店内で食べるが、今日は混んでいるので、特別に茶の間のほうに料理を運ばせてもらうことにしたのだ。

大皿に載せられた串盛りを運ぶと、万穂たちが今にも舌なめずりしそうな顔つきでのぞき込んだ。そこに姉のツアー土産や桃の例の「ベトナム風焼き鳥」——ただし肉は豚肉——も加わり、ちょっとした宴会だ。

「わあ、すごい——いただきます！」

万穂と梓が、「待て」を解除された犬のように料理に飛びついた。桃は土産物のパテに舌鼓を打ち、佐々美は佐々美で、「あれえ？　お土産に買ったバスソルト、どこ入れたっけな……？」と、まだしつこく紙袋を漁っている。

平和だな、と都久音は思う。この日常が、ずっと続いてくれればいいのだけど。

もちろん問題は山積みだ。商店街は年々寂れていっているし、不穏な犯罪の影もあれば、再開発の話もあり、数年後には街並みそのものが変わってしまっているかもしれない。

けれど——方法に善し悪しはあれど、みんなが自分なりのやり方で、その問題を乗り越えようとしている。

本の新しい売り方を模索する本好さん、親子で楽器店を守る長谷川家、互いに愛情深い袴田さん夫婦。いつも新メニューを考えている藤崎さん、地元に新しい味を伝える椰子島さん、言葉と文化の違いを橋渡しするマイカ先生。そしてそんなみんなを、陰ながら見守る神山さん——。

大丈夫。うちの商店街は終わらない。聖天様に恥じないよう、まっとうに前を向いて生きている限り。

そして、今日もうちの焼き鳥は美味しい。

だから都久音は、心配しない。

それから

「あーっ!」

当番の夕飯の支度をしていると、風呂場から桃《もも》の悲鳴が聞こえてきた。

すわ何事かと、都久音《つくね》はお玉を片手に慌てて駆けつける。脱衣所に飛び込むと、桃がTシャツを脱ぎかけの格好のまま、洗濯機横のゴミ箱の前に愕然《がくぜん》とした様子でひざまずいていた。手に、何か小袋のようなものを握っている。

「これ使っちゃったの、都久姉ちゃん?」

都久音を見るなり、桃はそう言って小袋をつきつけてきた。んん? と都久音は目を凝らす。封を切られた、バスソルトの袋だ。

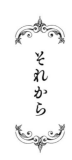

「いや、私じゃないけど……お姉ちゃんじゃない? 昼間お風呂に入ってたし」

「なんでえ? 新しいの買ってきたから、こっちは使わないでって言ったのに……」

それは姉の佐々美《ささみ》が例の「グルメツアー」に参加したときの、土産《みやげ》のバスソルトだった。ドジな姉はそれをどこかに置き忘れたのだが、どういう経緯かそれを桃の知り合いが拾い、届けてくれたらしい。

桃はなぜかそのバスソルトを気に入り、自分が使うからと言って、代わりのものを自腹で購入してきたのだった。しかし無情にも、土産のバスソルトのほうを佐々美に使われてしまったようだ。

「なに、今の悲鳴？」

そこにひょっこりと、当の姉、佐々美ご本人が現れた。途端に桃は可愛《かわい》い目を吊《つ》り上げ、顔を真《ま》っ赤《か》にして怒り出す。

「佐々姉ちゃん！　このバスソルト、使わないでって言ったじゃん！」

「ん？　ああ、ごめん。そっちがお土産のバスソルトだったんだ。パッケージが似てるから、どっちかわからなくなっちゃって――」

姉はたいして悪びれもせずに、

「それよりさ、桃。さっき、暇つぶしに桃のゲーム機を借りたんだけど、データ容量の空きがなかったみたい。この『桃太《ももた》』ってキャラクターのデータ、消しちゃっていい？」

「ダメーッ！」

桃が血相を変えて飛んでいく。桃太？　都久音は首をひねった。昔話に出てきそうな名前だが、逆に今の小学生はそういうのが流行《はや》りなのだろうか。

不思議に思いつつ、都久音は台所に戻る。小鍋に味噌《みそ》を溶いていると、「ああ、忙しい忙しい」と割烹着《かっぽうぎ》姿の母親が店舗のほうからやってきた。小休止なのだろう、冷蔵庫を開けて麦茶のポットを取り出し、コップに注《つ》いでゴクゴクと飲み干す。

それからふと思い出したように、何かの紙切れを前掛けのポケットから取り出し、冷蔵庫にマグネットでぺたりと貼り付けた。

メモを見て、都久音は首を傾《かし》げる。

「何それ、お母さん？」

「これかい？　これは、名前のメモ」

「名前のメモ？」

「都久音も知ってるだろう。聖天通《しょうでんどお》りにある、若者に人気のガジュマルなレストラン。商店街の企画で、コラボって言うのかい？　今度あそことうちで、合作の弁当を作ろうって話になってね。これは、その弁当の名前の候補」

カジュアルね、と心の中で訂正する。しかし、そんな企画が。うちの商店街も頑張ってるんだなあ、と感慨深く思うと同時に、コラボ相手のレストランのことが若干引っ掛かった。あそこのレストランって、スタッフが犯罪グループとつながってたんじゃなかったっけ。その問題は無事解決したのだろうか。

ちょっと気になるなあ、と眉をひそめつつメモを眺めた都久音は、そこでまたさらに一段と眉《み》間《けん》の皺《しわ》を深めた。ボールペンのメモには、走り書きで「ベルサイユ弁当」とある。

「どうだい？」母親は誇らしげに、「なんてったって、向こうはおフランス料理だからね。このくらい格好つけてもいいだろ」

「うーん……これはちょっと、ないかな？」

「そうかい？」

母親は少しメモを見返したあと、「まあ、アンタも考えといておくれよ」と言い残して去っていった。これは大ごとだぞ、と都久音は青ざめる。両親が我が子の名前に込めた想《おも》いは別として、やはりネーミングセンスが決定的に欠けているのは事実らしい。

また面倒事が増えてしまった。首を振りつつ料理を再開した都久音は、途中でふとネギを刻む手を止める。そういえばあのレストラン、桃が最近仲良くなった男の子のお兄さんも働いてるって言ってなかった？　あの男の子の名前って、確か……。

はたと気づいた都久音は、茶の間《や》でドタバタと暴れ回る姉と妹を振り返り、ふふっと微笑《ほほえ》む。

——その名前だけは、つけるの止めときなよ、桃。

【初出】
第一話「だから都久音は嘘をつかない」
「STORYBOX」2020年11月号、12月号
第二話「だから都久音は押し付けない」
「STORYBOX」2022年1月号、2月号
第三話「だから都久音は心配しない」
「STORYBOX」2022年10月号、11月号

単行本化にあたり改題、加筆改稿を行いました。

井上真偽（いのうえ・まぎ）

神奈川県出身、東京大学卒業。『恋と禁忌の述語論理（プレディケット）』で第51回メフィスト賞を受賞しデビュー。『探偵が早すぎる』は2度連続ドラマ化され話題になる。近著に『ベーシックインカムの祈り』『ムシカ　鎮虫譜』『アリアドネの声』などがある。

装画　風海
装丁　長﨑　綾（next door design）

ぎんなみ商店街の事件簿 Sister編

二〇二三年九月十八日　初版第一刷発行
二〇二三年十二月九日　第七刷発行

著者　井上真偽
発行者　庄野　樹
発行所　株式会社小学館
〒一〇一－八〇〇一　東京都千代田区一ツ橋二－三－一
編集　〇三－三二三〇－五九五九　販売　〇三－五二八一－三五五五
DTP　株式会社昭和ブライト
印刷所　萩原印刷株式会社
製本所　株式会社若林製本工場

ISBN 978-4-09-386690-3